秋螢

立場茶屋おりき

今井絵美子

時代小説文庫

角川春樹事務所

目次

本書は時代小説文庫（ハルキ文庫）の書き下ろし作品です。

草萌

春は名のみ、きんと芯《しん》に棘《とげ》を孕《はら》んだ浜風が、三吉《さんきち》の頬《ほお》や項《うなじ》を情け容赦《ようしゃ》なくいたぶってくる。

三吉はかじかんだ指にふうと息を吹きかけ、再び、湿地を掻《か》き分け、蕗《ふき》の薹《とう》を掘り起こしていった。

既《すで》に、目笊《めざる》はまだ固く蕾《つぼみ》を閉じたのや、半《なか》ば開きかけた蕗の薹で一杯である。

昨日、三吉は浜木綿《はまゆう》の岬《みさき》に上ろうとして、辺《あた》り一面敷き詰められた朽《く》ち葉から恥《はじ》らんだように顔を出す、黄緑色の小さな蕾に目を留《と》めた。

見ると、抱葉《ほうよう》の二枚目までが捲《めく》れているが、まだ中には幾重《いくえ》もの葉がくるまっている。

これは……。

三吉は蕾を一つ掌《てのひら》に取ると、首を傾《かし》げた。

いつだったっけ、どこかで見たような……。

そうだ、確か、女将《おかみ》さんが古備前《こびぜん》の水盤に浮かせ、旅籠《はたご》の床の間に飾ってたっけ……。

その刹那《せつな》、三吉はここが蕗の自生地だったことを思い出した。

そうだった。これが蕗の薹なんだ……。

三吉の胸が温かいもので一杯になった。

おりきの悦《よろこ》ぶ顔が、目に見えるようである。

三吉は目を輝かせて、前垂《まえだ》れを二つ折りにし、極力《きよくりよく》青々とした半開きの蕾を詰め込んでいった。

「まあ、春の到来だこと！　有難うね、三吉。よく気がついてくれましたね」

案の定、おりきは大層《たいそう》悦んでくれた。

零《こぼ》れんばかりの笑みを見せ、傍《そば》に大番頭の達吉《たつきち》がいるのも構わず、つと三吉を引き寄せ、その温かい胸に包み込んでくれたのだった。

そこはかとなく甘い香りが、三吉の鼻を擽《くすぐ》った。

三吉はおりきの匂《にお》いが、切《せつ》なくなるほど好きだった。

が、三吉は照れたように身体《からだ》を退《ひ》くと、へへっと笑った。

ところが、顔は正直で、三吉はどこかしら脂下《やにさ》がった表情をしていたようである。

「三吉、何をでれっとした顔をしてやがる！　おう、おめえな、蕗の薹を採《と》るのなら、蕾の開かねえのを採ってきな。こう開いてたんじゃ、食おうにも食えやしねえ」

背後からちょんと肩が小突《こづ》かれ振り返ると、下足番の善助《ぜんすけ》が霜《しも》げた顔をにやつかせ、立っていた。

善助は耳の聞こえない三吉に解《わか》らせようと、まるで幼児にでも説明するかのように、身振り手振り、蕾の固《かて》ェの、開いたの、と両の掌を開けたり閉じたりして見せる。

どうやら、善助は床の間の飾りではなく、天麩羅《てんぷら》や味噌汁《みそしる》の具《ぐ》にする、蕗の薹のことを言っているようである。

なんだ、それなら、朽ち葉の下にまだ山とある……。

それで、今日は目笊まで用意して、浜木綿の岬へと出向いたのだった。

だが、夢中になって採ったせいか、いかになんでも、旅籠の賄《まかな》いに使うには多すぎた。

そうだ、茶屋にも分けてあげよう。

蕗味噌《ふきみそ》にすれば日持ちがするし、亀蔵《かめぞう》親分にも分けてあげればいいんだもん！

三吉は茶立女《ちゃたておんな》のおよねが蕗味噌に目がないと言っていたことを思い出し、やれと安堵《あんど》の息を吐《つ》く。

そうして、蕗の薹で一杯になった目笊を抱えて坂道を下り、街道に繋《つな》がる小径《こみち》に出たときである。

街道から少し小径に入った場所で、女の子と老婆が板壁に身体を擦《す》りつけ、何やら揉《も》めている姿が目に飛び込んできた。

女の子は妹のおきちと同じ年格好《としかっこう》のようなので、十二、三歳くらいであろうか。

老婆の歳《とし》は分からないが、じれったい結びにした髪が銀色に光っているところから見て、五十路《いそじ》、いや、六十路《むそじ》は回っているかもしれない。

どうやら、老婆が女の子を折檻《せっかん》しているようである。

老婆はかなり激昂《げっこう》しているらしく、怯《おび》える少女を板壁に押しつけて、肩を顫《ふる》わせ、頻《しき》りに少女を小突いている。

三吉には老婆が何を興奮しているのか解らず、少女の怯えた声も聞こえるわけではないのだが、このじりじりと肌を刺すように伝わってくる剣呑《けんのん》な気配……。老婆の肩越しにちらと見えた少女の顔は、明らかに泣き顔であった。

とてもただ事とは思えない。

三吉は気後《きおく》れしながらも、そろそろと二人に近づいて行った。

すると、その気配に気づいたのか老婆がはっと振り返り、慌《あわ》てたように少女を追立て、街道へと逃げて行った。

が、あっと、三吉は目を瞠《みは》った。

遠目に見る二人の歩き方が、どこかしら不自然なのである。

二人とも小脇に三味線《しゃみせん》を抱え、片手に杖《つえ》……。

老婆が杖を突くのは別に不思議でもないが、まだ十二、三歳の小娘が……。

えっ、すると、あの二人は瞽女《ごぜ》……。

三吉の胸がどっと音を立てて、腓返《こむら》った。

なんだかこのままでは済まされないような覚束《おぼつか》なさに、三吉は居ても立ってもいられなくなり、足早に後を追った。

が、街道まで出て、二人が曲がった方向を目を皿のようにして捜《さが》してみるのだが、どこに消えたのか、二人は忽然《こつぜん》と姿を消していた。

だが、あの脚《あし》では、さほど遠くまで行ったとは思えない。

三吉は狐《きつね》に摘《つま》まれたような想《おも》いで、ふうと息を吐き、再び歩き始めた。

すると、白旅籠《しらはたご》や立場《たてば》茶屋《ぢゃや》を何軒か通り過ぎ、近江屋《おうみや》の手前まで来たときである。

近江屋の日除暖簾《ひよけのれん》に隠れるようにして立つ、少女の姿が目に入った。

少女は三味線を弾《ひ》いていた。

三吉の耳には聞こえてこないが、少女の口が開いたり閉じたりしているところを見ると、どうやら唄《うた》を唄っているようである。

ああ……、と三吉の胸に再びやり切れなさが込み上げてきた。

やはり、少女の目はしっかと閉じられている。

あの娘《こ》に比べれば、目の見えるおいらのほうがまだ幸せかもしんねえ……。

耳は聞こえなくても、他人《ひと》の心や言いてェことが目で解るんだもん。

それに、おいら、耳が聞こえねえだけで、自分の言いてェことはちゃんと他人《ひと》に伝えられる……。

三吉がぼそりと口の中でそう呟《つぶや》いたときである。

立場茶屋おりきの方向から歩いて来た男が、少女の前に置かれた銭函《ぜにばこ》につと屈《かが》み込んだ。

三吉はてっきり男が投げ銭を入れたのだと思った。

が、そうではなかった。

男は投げ銭を入れるどころか、逆に、たった一枚入っていた穴明き銭をひょいと摘み上げ、袂《たもと》の中に放《ほう》り込んだのである。

「ど、泥棒《どろぼう》！」

三吉は思いっ切り叫んだ。

が、男は実にすばしっこい動作ですっと人溜《ひとだまり》に紛《まぎ》れ、もう姿を消している。

「あっ……」

三吉は呆然《ぼうぜん》と男の去ったほうに目をやった。

糞《くそ》！　あの娘《こ》の目が見えねえと思って！

三吉は歯噛《はが》みした。

だが、糞忌々《くそいまいま》しさに地団駄を踏んだところで、田作《ごまめ》の歯軋《はぎし》り。目の前で理不尽なことが起きたというのに、身動きひとつ出来ない、この不甲斐《ふがい》なさ……。

両手に目笊を抱えているから、相手が大の大人だから……、とそんな言い抜けなどしたくはなかった。

そんなんじゃねえ。おいら、本当はおっかなかったんだ……。

そう思うと、居たたまれなかった。

三吉は少女の前に駆け寄って、両手をついて謝りたいと思った。

が、そんなこととは露《つゆ》知らず、少女はまだ三味線を弾いている。

「おう、三吉じゃねえか。おめえ、こんなところで一体《いってえ》何をしてるんでェ」

突然肩を叩《たた》かれ、三吉はハッと振り返った。

亀蔵親分が下っ引きの金太《きんた》を従え、笑っていた。

「おっ、蕗の薹じゃねえか。こいつを味噌汁に入れると旨《うめ》ェからよ」

「おいら、やっぱ、蕗味噌だな。熱々《あつあつ》ご飯にこれさえあれば、他にお菜《さい》なんて何も要《い》らねえ。日頃の倍は食が進むってなもんだ」

「この置いて来坊が！　おめえに食わせる蕗味噌なんてねえんだよ。おっ、三吉、俺《おり》ャ、ちょいと見回りをしてくるからよ。後でおりきに寄るから、旨《うめ》ェもんを食わせてくれと、おめえから女将に伝えてくんな」

亀蔵親分は後生楽《ごしょうらく》にそう言い、おやっと小さな目を瞬《しばた》いた。

どうやら、三吉のただならぬ様子に気づいたようである。

「どうしてェ。おめえ、様子が妙だが、どうかしたか？」

「親分……」

三吉は亀蔵を瞠《みつ》めると、少女を見ろとばかりに振り返った。

「あれがどうかしたか？　どうせ、槇野《まきの》が松野《まつの》の配下《はいか》だろうが、昨日あたりから婆《ばあ》さんと二人で品川宿界隈《かいわい》を流して歩いていてよ」

「違うんだ、親分。あの娘《こ》の銭を、男が、男が……」

三吉は男が立ち去った方向を指《さ》し、あわっ、あわっ、と口籠《くちご》もった。

どうやら、それで亀蔵は全《すべ》てを察したようである。

「男が投げ銭をくすねて行ったというんだな？　それで、幾ら取られた？　根こそぎか」

三吉はううんと首を振り、指で穴明き銭の形を作って見せた。

「なんでェ、穴明き銭一枚《いちめえ》か。まっ、それで済んだから幸いと思わなくっちゃな。今日はこれでもう五件目だぜ。巾着切《きんちゃくき》りに護摩《ごま》の灰、板の間稼ぎと、世の中、こう金回りが悪くなっちゃ、盗人《ぬすっと》の蔓延《はびこ》ること甚《はなは》だしくってよ。おう、ねえちゃんよ、どうやらおめえ、銭を猫ばばされたのに気づいてねえようだな」

亀蔵親分が娘の傍に寄って行く。

娘は茫然《ぼうぜん》としたように見えない目を亀蔵に向けたかと思うと、瞬《また》く間に渋面《じゅうめん》を作り、その閉じた目から細い涙の筋をつっと頰に伝わせた。

「また……。また盗《と》られたんだ……。どうしよう、婆《ば》っちゃんに叱《しか》られる……」

「またってこたァ、今日、これで二度目ってことか？　だがよ、いけねえや。そんなふうに無防備に銭函を放り出してちゃよ。これじゃ、盗ってくれと言っているのと同じでェ。だがよ、銭函を首からぶら下げておけと言いてェところだが、そうすりゃ、三味線が弾き辛《づれ》ェわな？　全く、世知辛《せちがれ》ェ世の中になったもんだぜ。おめえらのような者《もん》から銭をくすねていく奴がいるとはよ。ほらよ、穴明き銭一枚《いちめい》だ。おめえの盗られた銭を俺が埋めてやるからよ。それで、婆さんはどうしてェ？　俺から理由《わけ》を話してやるから、ほら、もう泣くんじゃねえ」

亀蔵は小銭入れから穴明き銭を摘み出し、一枚にしようか二枚にしようかと迷ったようだが、流石《さすが》は親分、江戸気《えどき》を出して、小銭入れごと少女の手に握らせた。

「三吉、ここは俺に委《まか》せて、おめえは先に帰《けえ》ってな」

亀蔵の言葉に、他に誰か傍にいると悟った少女は、ふっと見えない目を宙に泳がせた。

三吉の胸がどっと波打った。

決して見えるはずもない少女の視線を、何故《なぜ》か、痛いと感じた。


三吉は少女が不憫《ふびん》で堪《たま》らなかった。

目が見えないというだけで、生きていくうえで不自由なことばかりなのに、そのうえ、人前で芸を売り、物乞《ものごい》をしなければならないのである。

三吉は陰間《かげま》に売られたあの忌《い》まわしき一年を、未《いま》だに忘れることが出来なかった。

「おめえほど業《ごう》の強《つえ》ェ餓鬼《がき》ゃいねえぜ！　大人しく言うことを聞いてりゃ、飯も食わせてやるし、綺麗《きれい》な着物《べべ》を着て、面白可笑《おもしろおか》しくしゃらしゃら生きていけるってェのによ！」

子供屋の御亭《ごてい》や消炭《けしずみ》から、幾たびそう言って折檻されたであろうか。

だが、三吉はどんなに殴《なぐ》られ蹴《け》られようが、歯を食いしばって抵抗した。

品川宿近郊で生まれ育った三吉には、幼心《おさなごころ》にも陰間と呼ばれる男娼《だんしょう》が何をして身過ぎ世過ぎをするのか、痛いほどに解っていた。

それだけは、死んでも嫌だ……。

結句、両耳の鼓膜《こまく》が破れて不具の身となり、人の世の裏側や地獄を見たような想いに何もかもが信じられなくなっていたそのとき、立場茶屋おりきの女将に救い出されたのだった。

が、一旦《いったん》出来てしまった心の空隙《くうげき》は、埋めようにも、そうそう埋められるものではなかった。

そんな三吉を温かい愛で包み込み、辛抱《しんぼう》強く人の世へと引き戻してくれたのが、おりきや善助、妹のおきち、立場茶屋おりきの使用人たちであった。

おいら、やっぱ、生きていて良かった……。

現在《いま》、三吉はこの世に生あることを心《しん》から感謝し、空や風、草や鳥、蟲《むし》に至るまで、心の耳を懸命に澄まし、彼らの言いたいことを聞き取ろうとする。

そんなふうに心を開けば、生きていくうえで多少の不自由があるにせよ、怖いものなどないように思えてきて、あの忌まわしき一年でさえ、遥《はる》か昔のこと、いや、もしかすると、なかったことなのかもしれない、とそんなふうに思えてくるのだった。

けど、それは、おいらが女将さんや爺《じ》っちゃんに護《まも》られているから……。

そう思うと、三吉にはますます少女がいじらしく、不憫に思えてくるのだった。

三吉は深々と息を吐くと、気を取り直し、旅籠の通用門を潜《くぐ》った。

すると、物干場のほうから籐籠《とうかご》を抱えて戻って来る、とめ婆さんと目が合った。

やべェ、と咄嗟《とっさ》に三吉は目を逸《そ》らそうとしたが、もう遅い。

目笊一杯の蕗の薹に興味を引かれたか、とめ婆さんが小走りに寄って来る。

こうなると、今更《いまさら》逃げるわけにはいかなかった。

三吉は蛇《へび》に睨《にら》まれた蛙《かえる》のように畏縮《いしゅく》し、立ち竦《すく》んだ。

女中頭のおうめが水口《みずぐち》の戸を開けようとすると、裏庭のほうからとめ婆さんの嗄《しわが》れた声が聞こえてきた。

「おやっ、蕗の薹かえ？　こんなに沢山」

おうめは開けようとした木戸を慌てて元に戻すと、耳を欹《そばだ》てた。

一体、誰を相手に話しているのだろう……。

そうは思うが、おうめには木戸を開け、一歩外に踏み出す勇気が湧《わ》いてこない。

というのも、おうめはとめ婆さんが大の苦手ときて、日頃から、なるたけ真面《まとも》に顔を合わさないように避《さ》けてきたのである。

おうめには、とめ婆さんのどこがどう気に食わないかと訊《き》かれても、すぐには答えられない。

ただなんとなく、婆さんの権高《けんだか》な物言いや高腰《たかごし》な態度が鼻につき、そして、何が一等気に食わないかといえば、下足番の善助ばかりか大番頭の達吉までが、とめ婆さんの口任《くちまか》せに兜《かぶと》を脱いだか、当たらず触《さわ》らず、雲煙過眼《うんえんかがん》にやり過ごしてしまうことだった。

冗談じゃない！　先代女将の頃からこの旅籠を切り盛りしてきたあたしらが、昨日今日来たばかりの洗濯女《せんたくおんな》に、恣《ほしいまま》にされてなるものか。それをなんだってのさ、あいつらは！

おうめには、達吉や善助までが恨めしく思えてくる。

ならば女中頭であるこの自分が、とめ婆さんに一泡吹かせてやればいいのだが、哀《かな》しいかな、それも叶《かな》わなかった。

何しろ、品川宿広しといえど、口鉾《くちぼこ》にかけては敵《かな》う者なしのとめ婆さんである。ひと言苦言《くげん》を呈《てい》したつもりが、どっこい、三言にも四言にもなって返ってくる。その頭の回転の速さには誰もが舌を巻き、しかも、とめ婆さんの口にかかると、最初《はじめ》は些《いささ》か型破《かたやぶ》りにも思えた理方《りかた》まで、いつしか理道《りみち》に合ったことのように思えてくるから、不思議であった。

となれば、とめ婆さんが何を喋《しゃべ》ろうが、達吉や善助のようにいちいち目くじらを立てることなく、風馬牛《ふうばぎゅう》でやり過ごしたほうが得策なのかもしれない。

が、悔しくないといえば嘘《うそ》になる。

それで、いい加減、観念してもよさそうなものを、未だ、おうめはとめ婆さんの嗄れ声が聞こえてくるたびに、糞忌々しさに、ぎりぎりと歯嚙みするのだった。

金壺眼《かなつぼまなこ》をひたと相手に据《す》え、腹の底まで見透《みす》かそうとする、とめ婆さんのあの視線……。

考えるだに、身の毛が弥立《よだ》つ。

鶴亀《つるかめ》、鶴亀……。痛くもない腹を探《さぐ》られたんじゃ、堪んないや。

おうめは胸をぞろりと撫《な》でる気ぶっせいな想いに身震いし、敢《あ》えて虚勢《きょせい》を張ってみるが、身体は正直である。

口がからつき、暑くもないのに、胸の間《あわい》にじわりと汗を掻いている。

初めて女将のおりきから、新しく入った洗濯女だと、とめ婆さんに引き合わされたときのことである。

「さいですか。おまえさんが立場茶屋おりきの女中頭ねえ……」

とめ婆さんは抉《えぐ》れた目から炯々《けいけい》とした光を放ち、心あり気に含み笑いをして見せ、

「鼠《ねずみ》も小六十《ころくじゅう》とはよく言ったもんだ。おまえさんが女中頭ねえ……。まっ、ひとつ宜《よろ》しく頼みますわ」

と、いかにも慇懃無礼《いんぎんぶれい》に頭を下げたのである。

鼠も小六十とは、つまらない者でも歳を取れば、それなりの経験を積んで、働きが出来るようになるという意味である。

おうめの頬が凍《こお》りついた。

鼠も小六十……。

確かに、自分は取り立てて取柄《とりえ》のない、つまらない女である。

だが、だからといって、先つ頃《さいごろ》まで南駅《なんえき》（南品川宿）で遣手婆《やりてばあ》をしていた、とめ婆さんに見こなされる筋合《すじあい》はない……。

ところが、おうめがムッと衝《つ》き上げる憤怒《ふんぬ》に、口を開こうとしたときである。

とめ婆さんが飄然《ひょうぜん》とした顔をして、更に追い打ちをかけてきた。

「確か、おまえさん、浅草瓦町《かわらまち》にいたとか……。おやっ、あたしの聞き違えだっけ？　相《あい》済みませんねえ。あたしも焼廻《やきまわ》っちまって、先つ頃、話を取り違えるなんて日常茶飯事でしてね。へっ、そんな理由《わけ》でして、忘れておくんなさいまし」

おうめはその恬然《てんぜん》とした言い方に、あっと息を呑《の》んだ。

「てんごう言っちゃいけねえや。おうめの在所《ざいしょ》は鶴見村《つるみむら》だ。先代がここ品川宿門前町に見《み》世《せ》を出しなさった際、確かな筋からの請状《うけじょう》を持ってやって来たんだ。おまえさんも品川宿の生き字引《じびき》かなんか知らねえが、利《き》いたふうな口を利くんもんじゃねえ。浅草だなんて、誰がそんな大万八《だいまんぱち》を！」

大番頭の達吉が咄嗟に機転《きてん》を利かし、その場はたいもなく事が収まった。

が、おうめの胸は大風のあとのように殺伐《さつばつ》としていた。

おうめが浅草瓦町にいたことを知っているのは、先代のおりきと達吉の二人だけのはずである。

それを、とめ婆さんが知っているということは、まさか、叶屋《かのうや》のことも……。

おうめは総毛立《そうけだ》ち、きっと唇を噛《か》み締《し》め、俯《うつむ》いた。

以来、おうめにとって洗濯場や物干場のある裏庭は、鬼門《きもん》となった。

幸い、女中頭が裏庭に出ることは滅多《めった》になく、とめ婆さんと真面に顔を合わせることもなかったが、それでも、時折遠くから嗄れ声が聞こえてくると、身体中が粟立《あわだ》つようで、それでわざわざ遠回りをして、目的の場所に移動するようになったのである。

「へえ……。おまえ、これを一体どこで採ったのかい？　こんだけあれば、こりゃ、旅籠ばかりか茶屋でも使えるってもんだ。味噌汁の具に蕗味噌、天麩羅とさ。流石だね、客に出す食材をこんな小僧に調達させるなんてさ。立場茶屋おりきも儲《もう》かるはずだ。濡《ぬ》れ手に粟《あわ》、只取山《ただとりやま》の時鳥《ほととぎす》とはこのことだよ。なんせ、ただなんだから！　これほど甘《うま》い話があって堪るかよ。しかも、おまえみたいな半端者《はんぱもん》を、女将さんもよく辛抱して使っていなさると思っていたが、膝《ひざ》とも談合……。冬に逆戻りしたかのような、こんな寒い日によ、不平のひとつも言わずに採って来るんだもんね。三吉、おまえ、洟水《はなみず》が出てるじゃないか。ほれ、洟《はな》をかみな！」

呪縛《じゅばく》にでもかかったかのように身動き出来なかったおうめは、あっと顔を上げた。

てっきり、追廻《おいまわし》を掴《つか》まえて喋っていると思っていたが、まさか三吉が相手とは……。

「おまえも嘉六《かろく》なんて糟喰《かすくらい》（酒飲み）のおとっつァんを持ったばかりに、不憫だよね。幸か不幸か、海とんぼ（漁師）の息子のくせして雛男《ひなおとこ》に生まれちまったもんだから、実の父《てて》親《おや》から陰間に売り飛ばされちまってさァ。挙句《あげく》、こんな半端者にされちまったんだもんね。おまえの姉ちゃん、おたかだってそうだ。病《やまい》のおっかさんやおまえたちのために茶立女ばかりか、海女《あま》までやってさ。あの娘《こ》が胸を病んで死んじまったのも、おっかさんの労咳《ろうがい》が移ったからというだけじゃないと、あたしは睨んでいるからさ。それにしても、立場茶屋おりきの女将は見上げたもんだよ屋根屋《やねや》の褌《ふんどし》ってなもんでさ。おっかさんやおたかの墓ばかりか、あの穀潰《ごくつぶ》しの墓まで作ってやったというじゃないか。そのうえ、三吉とおきちの面倒まで見ようってェんだから、それを思えば、おまえ、女将さんに生涯脚を向けちゃ寝られないよ。一分《いちぶ》の恩に舌を抜かれろっていうだろ？　生涯、おまえたち兄妹《きようだい》は……」

耳の聞こえない三吉に向かって、とめ婆さんの長広舌は延々と方図《ほうず》がない。

おうめは意を決して、木戸を開けた。

とめ婆さんが木戸の開く音に、さっと振り返った。

「三吉、寒いのにご苦労だったね！　おや、沢山採れたじゃないか。茶屋と旅籠の賄い用にと思ったが、こんなに見事な蕗の薹だもの。板頭《いたがしら》が見たら、見世でも使いたいなんて言い出すかもしれないよ。有難うよ、三吉」

おうめは三吉の目を見据え、口を大きく開けて、ア、リ、ガ、ト、ウ、と言った。

三吉が照れたように首を竦め、にっと笑う。

「じゃ、一緒に巳之《みの》さんに見せに行こうか？」

おうめはとめ婆さんに背を向けたまま、三吉の背中に手を廻《まわ》した。

とめ婆さんとは、まだ一度も、目を合わせていない。

が、背中に目があるかのように、全神経を背後へと集めていた。

どうか木戸に入るまで、このまま、あの口が開きませんように……。

おうめは念仏でも唱えるように、胸の内で呟いた。

ところが、そうは虎《とら》の皮。二、三歩歩いただけで、もうあの嗄れ声が飛んできた。

「なんだってのさ、あの態度は！　あたしゃ、鬼子母神《きしぼじん》じゃないんだよ！　こんな寒い日に、見世のためを思って蕗の薹を採って来た、三吉を健気《けなげ》だと褒《ほ》めていたんじゃないか。だってそうだろう？　普通の子なら、不平のひとつも言うところを、それがこの子には出来ないんだから！」

とめ婆さんの甲張《かんば》った声が、おうめの背中を突き刺してくる。

おうめは振り返ることなく、木戸に向かって歩き続けた。

何が見世のためだよ、健気だよ！

嫌みったらしいったらありゃしない。

あの、いけず婆《ばばあ》が！

おうめは腹の中で、片っ端《ぱし》から、思いつく悪態を吐いてみる。

ああ、だが、今ほど、三吉の耳が聞こえなくて良かったと思ったことはない。

そう思うと、胸につっと熱いものが込み上げてきた。

おうめは三吉の肩を抱く手に力を込め、どうせ聞こえはしないと思いながらも、三吉のお陰で今宵《こよい》はご馳走《ちそう》に有りつけるよ、有難うね、と呟いた。

「旨《うめ》ェ。いやァ、実に旨ェ。済まねえが、もう一膳貰《いちぜんもら》えるかな？」

亀蔵親分は椀《わん》に残った飯粒《めしつぶ》をカッカと音を立てて搔き込むと、ぬっと飯椀《めしわん》を突き出した。

おりきがくすりと肩を揺らす。

「親分、大丈夫《でえじようぶ》でやすか？　それでもう四膳目だ」

達吉がちょうらかしたように、茶を入れてくる。

「四膳目？　おっ、そんなに食ったかな？」

「いいではありませんか。人間、食べられるときが華と言いますもの。寧《むし》ろ、食べたくても食べられなくなったときのことを心配しなくてはなりませんわ。さっ、どうぞ」

おりきは微笑《ほほえ》むと、亀蔵の飯椀にご飯を装《よそ》ってやる。

「そういうこってすな。あっしなんぞ、若ェ頃《わけ》には、飯椀に二膳や三膳じゃ食った気がしなくて、丼鉢《どんぶりばち》で三杯は食ったもんでやすがね。いけねえや、先つ頃じゃ、飯椀一膳も持て余す有様でやしてね。ああ、歳は取りたくねえもんだ」

達吉が恨めしげに亀蔵を見る。

「何言ってやがる！　てんごう言ってんじゃねえや。俺とさして歳が違わねえというのに、弱音なんて吐きやがってよ。こんなに旨ェ蕗味噌を前にして、食が進まねえとは、それこそ、贅沢《ぜいたく》ってもんじゃねえか？　そりゃよ、おめえみてェに毎日旅籠の旨ェ賄いを食ってりゃそうなるのかもしんねえが、俺たち下世話《げせわ》な者にはよ、春の息吹《いぶき》を感じさせるこんな食い物こそ、涙が出るほど嬉《うれ》しいのよ。見ろや、蕗の薹の天麩羅に味噌汁……。これだけで有難山《ありがたやま》の時鳥ってなものを、なんと、鰆《さわら》の粕漬《かすづけ》までついてるんだぜ。盆と正月が一遍《いっぺん》に来たみてェな馳走を前にして、食が進まねえほうが、ヘン、よっぽど可笑《おか》しいや！」

亀蔵は飯の上に蕗味噌を塗りたくると、がぶりと口に含み、これ、これ、この苦味が堪んねえのよ、と相好《そうごう》を崩した。

「親分がそこまで悦んで下さるなんて、早速、三吉に報告しませんとね。けれども、どうしたのでしょう。蕗の薹を持って帰ったときのあの子、なんだか暝《くら》い顔をしていましてね。昨日、茶花にと持って帰ったときには、あんなに嬉しそうな顔をしていたのに、何かあったのでしょうか」

おりきが食後の焙《ほう》じ茶を淹《い》れながら、何か知っていますか、と達吉を窺《うかが》う。

達吉は、いや、と首を振った。

すると、亀蔵が慌てたように飯を搔き込み、喉《のど》に詰まらせたのか胸をぽんぽんと叩きながら、そのことだがよ、と上目遣《うわめづか》いにおりきを見る。

「あら大変！　さあ、お茶を……」

亀蔵はお茶を一口含むと、口の中で転がすようにして飲み干し、続けた。

「三吉はよ、瞽女のおとよって娘のことを心配《しんぺえ》してるのよ」

「おとよ？」

「ああ、槇野の配下らしいのだがよ。二、三日前《めえ》から、この界隈を流していてよ」

亀蔵はそう言い、二刻《ふたとき》（四時間）ほど前に、近江屋の前で起きたことを話した。

「まあ、そうだったのですか。すると、三吉はおとよという娘が気懸《きがか》りで……」

おりきの頬がつと翳《かげ》った。

三吉の想いが、痛いほどに伝わってくるのである。

恐らく、三吉は目の見えない少女に我が身を重ね合わせ、少女の痛みを我が痛みとして感じたに違いない。

おりきの脳裡《のうり》に、深川《かわ》の子供屋から救い出して来たときの、三吉の姿が甦《よみがえ》る。

身も心もかさかさに渇き、触《ふ》れれば脆《もろ》くも、はらりと崩れてしまいそうだった三吉……。

この頃ではすっかり明るさを取り戻し、寧ろ、耳が聞こえなくなった分だけ純粋になったようで、この世に生きとし生けるものの全てを慈《いつく》しむようにして暮らしているが、それだけに、同じ境遇の娘に起きたことに、胸がかき乱されてしまったのであろう。

「だが、瞽女の投げ銭まで猫ばばしようなんて、太《ふて》ェ野郎がいるもんだ！　親分、どうにかならねえもんで？」

「それよ。実は、俺も頭を痛めてるんだがよ。一体全体《いってえぜんてえ》、現在《いま》のご時世、どうかしちまってらァ！　先つ頃まではよ、巾着切りや護摩の灰なんつゥもんはだな、金回りの良さそうな者しか狙《ねら》わなかった。ところがよ、世の景気が悪《わり》ィこともあってか、今年に入《へえ》ってからというもの、銭であればなんでもってな具合に、大道芸《だいどうげい》から物貰《ものもら》い、餓鬼の銭まで掻っ払っていきやがる。ろくに三度の飯も食えねえ裏店《うらだな》にまで空き巣が入《へえ》るってんだから、世も末よ」

「親分、世も末だなんて太平楽《てえへえらく》なことを言っちゃっていいんですか？　お上《かみ》がもっと取り締まるとかなんとかしなくちゃ、これじゃ、座頭《ざとう》に煮え湯。弱い者が泣きを見るだけじゃないですか」

達吉が珍《めずら》しく癇《かん》の立った声を出す。

「達っつァんよ、おめえの言うとおりだ。確かに、このままじゃならねえ。だがよ、この広い江戸に、岡っ引きや下っ引きが一体《いってえ》何人いると思う？」

「いや、あっしは……」

「いいか、江戸の人口は百万人を下《くだ》らねえと言われている。ところがよ、町奉行の与力は五十人、同心二百四十人だ。が、これは南北合わせての人数だからよ、実質動くのは、南北どちらかの奉行所だ。となれば、この半分しかいねえと見ていいだろう。ところがよ、定町廻《じょうまちまわ》りとなると、また絞《しぼ》られてよ。なんと、同心六人だ。まっ、同心一人に小者や岡っ引き、下っ引きがついたとしてもよ、せいぜい、いいとこ三十五人から四十人。なっ？　たったこれだけで、百万人の江戸府内を護れというのが、土台無理な話じゃねえか……。かといって、お上に岡っ引きや下っ引きの数を増やせと言ったところで、手にも足にもいかねえ。ただでさえ、俺たちゃ、お上から手当のひとつ貰っちゃいねえんだからよ。たまに、同心の懐《ふところ》から小遣《こづかい》程度の心付《こころづ》けが出るだけでよ。俺《おり》ゃ、その中から金太や利助《りすけ》に小遣を渡してるんでェ……。へヘッ、いけねえや、別に繰言《くりごと》を言うつもりはなかったんだがよ……。まっ、現状はそういうことでよ。だから、俺ャ、町年寄たちに口を酸っぱくして言ってるのよ。自身番がもっと気合いを入れなきゃなんねえ、てめえの町内はてめえらで護るくれェの心構えでいろってよ」

「へえ、さいですか。しかし、お上も吝《しわ》いもんですな。上には千石万石というお旗本《はたもと》がいるかと思えば、下を見れば役にも有りつけねえ御家人《ごけにん》が掃《は》いて捨てるほどいるってェのに、肝心《かんじん》の庶民の安全を護る町奉行が人手不足とはよ。つまりよ、お上は俺たち下々《しもじも》の者はどうなっても構わねえと言っていることと同じじゃねえか」

「しっ、達吉、口が過ぎますよ！」

おりきが慌てて目まじする。

「いいってことよ。達っつァんの言うとおりでェ。この俺だって、そう思っているんだからよ」

おりきはやれと肩息を吐いた。

「それで、おたけさんとか言いましたか？　そのお婆さんには親分からよく説明して下さったのですよね？」

「それがよ、話を聞くと、あの婆さんはおとよの実の祖母だというのよ。可哀相《かえいそう》に、おたけもおとよも生まれつき目が見えねえそうでよ。おとよの母親ってェのは目明きだったらしいが、おとよの目が見えねえと知ったとき、余程怖《お》じ気《け》づいたんだろうて……。婆さんに娘を預けたまま姿を晦《くら》ましちまったというのよ。以来、婆さんは目の見えないおとよを自立できるようにと厳しく躾《しつ》け、三味線や唄を仕込んだそうだ。けど、いけねえや。瞽女の世界にも仕来《しきた》りや縄張《なわば》りがあってよ。江戸では豊嶋町《としまちょう》の槇野と松野が仕切っていて、稼ぎの半分は組合に納める仕組みになっている。どうやら、婆さん一人のときは、狡賢《ずるがしこ》く奴らの網の目を潜るようにして稼いでいたらしいが、おとよを連れ歩くようになって、そうもいかなくなった。そりゃそうでェ。おとよという娘は目こそ見えねえが、色白で愛らしい面立《おもだち》をしていてよ。どうしても目だっちまう。それで、仕方なく槇野の配下に入《へえ》ったはいいが、そうなると、今までの倍も稼がなくちゃならなくなった。そこに、弱り目に祟《たた》り目がごとく、このところ立て続けに掻っ払いに遭《あ》っちまった……。婆さんもつい癇が立ったんだな。それで、おとよに当たっちまった。だが、俺ャ、婆さんをきつく叱っておいたからよ。おとよも盗られたくて盗られたわけじゃねえ。おめえも盗られたくねえと思ったら、何か手立《てだて》を考えるべきじゃねえかってよ」

「けど、親分。婆さんもおとよも目が見えねえんだ。手立を考えろと言ったところで、出来っこねえ」

「そういうこった。だからよ、俺ャ、槇野の頭《かしら》に掛け合ってみようと思ってよ。元締《もとじめ》が瞽女の上がりの半分までを絞り取るのなら、てめえらで見張りをつけるとか、何か手立を考えるのが筋じゃねえかとよ」

「まあ、そうして下さいますか？　わたくし、先程から、おとよちゃんに何かしてあげられることはないものかと考えていましたが、おとよちゃんをここに引き取るといいましてもね……」

おりきが困《こう》じ果てたように言うと、亀蔵がぷっと噴き出した。

「これだよ！　全く、おりきさんにかかっちゃ、堪んねえや。いいかい、おとよをここに連れて来たって、一体《いってえ》、あの娘《こ》に何が出来る？　あの娘《こ》はよ、三味線を弾いたり唄を唄うことしか出来ャしねえんだ。薦被《こもかぶ》りみてェに、ただ、銭をせびっているわけじゃねえ。それで糊口《ここう》を凌《しの》いでいるんだからよ。つまり、立派に芸で身を立てているってことだ。それによ、ああ見えて、婆さんとおとよの絆《きずな》は強《つえ》ェもんだ。互いに相手のことを気遣《きづか》っていやがってよ。おとよは言ってたぜ。自分をここまで育ててくれた婆っちゃんに恩返しをしてえ。傍を離れたくねえってよ……」

亀蔵に言われ、おりきは頬を染めた。

「わたくし、駄目ですわね。後先も考えずに、おとよちゃんを引き取れば何もかもが解決するなんて、短絡的なことを……」

「まっ、そこがおりきさんの善いところなんだがよ。今回ばかりは、そうはいかねえ」

「そうなんですよ。親分、女将さんによく言ってやって下さいまし。それでなくても、うちじゃ三吉で手一杯というのに、このうえ、目の見えねえ娘を引き取ろうなんて……」

調子に乗ったのか、達吉が本音をぽろりと洩《も》らす。

「達吉！」

おりきの鋭い声が飛んだ。

「へっ、相済みやせん……」

達吉は途端に潮垂《しおた》れたが、おりきの胸には、また別の危惧《きぐ》がじわじわと頭を擡《もた》げようとしていた。

おとよのことは亀蔵親分に委せるとして、さて、このことを三吉にどう伝えればよいのだろう……。


「ところでよ、おうめも様子が変だったが、何かあったのか」

すっかり腹のくちくなった亀蔵が、継煙管《つぎきせる》に甲州《こうしゅう》(煙草《たばこ》)を詰めながら、思いついたといったふうに言う。

「おうめが? えっ、わたくしは気づきませんでしたが……。達吉、おまえは?」

「いや、あっしも……」

達吉は否定しようとして、おっと首を傾げた。

「何か思い当たることがあるのですね」

「いや、そういうわけじゃ……。だが、言われてみると、なんとなく元気がなかったような……」

「だろう? おうめの奴、俺がおりきさんの顔が見たくて用もないのにここに入り浸《びた》ると思ってか、常なら、俺の顔を見ると、今日はやけにお早いじゃありませんか、なんてちょっくら返すんだがよ。今日はなんだか喉に小骨でも刺さったような顔をして、ちょいと会《え》釈《しゃく》をしただけでよ。逆に、俺のほうが肩すかしを食らったみてェで、妙な気分になっちまってよ。おうめは大番頭の次にこの立場茶屋おりきでは古株だ。俺ャ、先代の頃からおうめを見てきたが、あいつァ、いつ見ても屈託なく、元気だけが取柄の女《おな》ごだからよ。珍しいこともあるもんだと思ってよ」

「どこか身体の具合でも悪いのでしょうか？　おうめもそろそろ五十路《いそじ》に手が届こうかという歳ですもの、身体に変調を来《きた》したとしても不思議はありませんわ。達吉、おまえはおうめと最も付き合いが永《なが》いのです。何か気づいたことはありませんか？」

「いや……。済んません。あっしにゃ、まだこうと、はっきりとは言えやせん。だが、ご案じになることはありやせんよ。あっしがおうめの腹を探ってみて、そのうえで、女将さんにきちんと報告いたしやすから……」

やはり、達吉は何か腹に含むところがあるようである。

おりきは達吉の目を瞠《みつ》めた。

言葉にこそ出さなかったが、その目は、委せましたよ、きっとね、と語りかけていた。

亀蔵はすっかりご馳《ち》になっちまった、人手が足りねえなんて御託《ごたく》を並べたくせして、ここでいつまでも油を売ってたんじゃ、手前《てめえ》を棚に上げるんじゃねえとどづかれたってしょうがねえやな、と小っ恥《ぱ》ずかしそうな顔をして帰って行った。

八ツ（午後二時）過ぎ、今は旅籠も茶屋も使用人たちの中食時《ちゅうじきどき》である。

案の定、おうめは晦い部屋で中食を摂《と》っていた。

おきわやおみのといった女中たちに混じって、板場衆の半分までが、六畳ほどの部屋に箱膳《はこぜん》を並べ、何やら愉《たの》しそうにくっちゃべりながら食べている。

三吉やおきちの姿が見えないのは、二人とも裏庭の隅《すみ》に造った子供部屋で、おいねやみずきと一緒に膳を囲んでいるからであろう。

「何か……」

達吉が賄い部屋を覗《のぞ》くと、おきわが怪訝《けげん》そうな顔をして、問いかけてきた。

「いや、おうめにちょいと用があってよ。おめえ、飯はもう……」

「丁度、今、済んだところです。親分はもうお帰りに？　それで何か……」

おうめが訝《いぶか》しそうな顔をして、寄って来る。

その顔には微《み》塵芥子《じんけし》ほども暝い陰《かげ》はなく、いつものおうめに返っていた。

「おめえ、これから用は？」

「客室の仕度《したく》がまだ少し残っていますが、おきわたちがいるので大丈夫ですよ」

「じゃ、四半刻《しはんとき》（三十分）ほど、ちょいと助《す》けてもらいてェことがあってよ」

「お安いご用で。じゃ、おきわ、後は頼んだよ！」

おうめの口調は実に歯《は》切《ぎ》れがよかった。

達吉はおやっと首を傾げた。

するてェと、亀蔵親分や自分の思い過ごしってことかよ……。

が、達吉が、他人《ひと》の耳にゃあんまし入れたくねえからよ……。そうさなあ、茶室はどうだろう？　あそこなら、他人《ひと》に聞かれる心配《しんぺえ》がねえからよ、と言った途端、さっと顔色が変わった。

達吉の胸がまたもや陰々《いんいん》としたもので塞《ふさ》がれていった。

おうめは緊張した面差《おもざ》しで、肩を落としてついて来た。

このところ滅多に使うことのなかった茶室は、長い冬を通り過ぎた後で、どことなくじめじめと辛気《しんき》くさかった。

おうめが先に立ち、躙口《にじりぐち》や水口の戸を開けていく。

すると、ようやく、ほっと人心地《ひとごこち》つける空間が出来た。

先代が数寄《すき》で造った茶室であるが、皮肉にも、ここで先代が病臥《びょうが》し、その後、現在《いま》の女将おりきが寝部屋として使っていたが、記憶をなくした如月鬼一郎《きさらぎきいちろう》が転がり込んでからは鬼一郎の部屋となり、そして茶屋が類火《るいか》し再建となるまで、おうめやおきちの寝部屋として使われてきたのだった。

「どうでェ、懐《なつ》かしいだろ？　おめえがおきちとここで寝たのは半年ほどだったかな？」

「いえ、四月《よつき》ほどです」

「そうけえ。あれから女将さんがまたここに戻ると言いなさるかと思ったが、この頃うち、すっかり帳場に根が生《は》えちまったようでよ。まっ、帳場のほうが何かと便利がいいんだろうて。けど、いけねえや。たまには風を入れてやらなきゃ」

「あら、女将さんは時折お見えになっていますよ。ほら、床の間にちゃんと花が活《い》けてあるじゃないですか」

成程、床柱《とこばしら》の掛け花入れから、木五倍子《きぶし》が淡黄色《たんこうしょく》の房《ふさ》を垂《た》らしている。

そして、半間の床をと見れば、口の欠けた信楽《しがらき》の土瓶《どびん》が置いてあり、中から三角草《みすみそう》が薄桃色の可憐《かれん》な花弁《かべん》をちらと覗かせ、傍に置かれた蓋《ふた》の上には、昨日三吉が採って来た蕗の薹……。

心憎《こころにく》いばかりの遊び心……。おりきの演出であった。

どの花も瑞々《みずみず》しいところを見ると、どうやら、おりきが毎日茶室に風を入れているようである。

が、流石に現在《いま》は火種《ひだね》まで置いていないとみえ、開け放した躙口や水口から入ってくる外気の冷たさに、達吉はぞくりと身を顫わせた。

「お茶というわけにもいかねえがよ……」

達吉は坐《すわ》れとおうめを促《うなが》すと、重い口を開いた。

おうめは覚悟《かくご》したように腰を下ろすと、

「丁度良かった。あたしからも大番頭さんに訊《たず》ねたいことがあります」

ときっと顔を上げた。

「あたしが瓦町にいたことを知っているのは、大番頭さんだけですよね?」

達吉はおっと目を瞠った。

まさか、今になって、おうめの口から浅草瓦町のことが出てくるとは思ってもみなかったのである。

「そうだがよ。それがどうかしたか」

「じゃ、勿論のこと、叶屋のこともですよね?」

「叶屋？　ああ、そうだがよ。おめえをこの旅籠に引き取ったとき、おめえの過去は何もかも水にしてしまおうと、先代がおっしゃった。誓ってもいい。俺ャ、誰にも口外《こうがい》した覚えはねえからよ。正《まさ》な話、俺ャ、おめえが切り出すまで、浅草のことなんざァころりと忘れちまってたぜ」

「けど、とめ婆さんをここに引き取ることになったとき、あの女《ひと》の口から瓦町の話が出ましたよ」

達吉はおっと膝を叩いた。

「そうだった。今、思い出したぜ。確か、婆さん、そんなことを言ってたっけ……。けどよ、おめえも莫迦《ばか》だな。婆さんは叶屋のかの字も言いはしなかった。それによ、俺がおめえの在所は鶴見村だ。確かな筋からの請状を持ってやって来たから間違《まちげ》ェねえと言ってやると、婆さん、ぐうの音《ね》も出なかったじゃねえか。なんでェ、おめえ、そんなことを気にしていたのか……。ありゃ、婆さんの生利《なまぎき》に決まってるじゃねえか。あの婆さんはよ、生《なま》通《つう》なくせして、ふてらっこく野鉄砲《のでっぽう》（出任せ）やねずり言を言うので通っていてよ。何を言われようと、柳に風と吹き流せばいいんだよ。なんでェ、なんでェ、おめえらしくもねえぜ。おめえがどこかしら元気がねえと、女将さんも親分も大層心配して下さってるんだ」

「女将さんや親分が……。済んません。いえね、日頃は極力あの婆さんと顔を合わせないようにしているんだけど、婆さんが三吉を摑まえて、言わなくてもいいことまでぐだぐだ曰《のたま》っているもんだから、堪んなくなって……」

「それで、顔を合わせたくない婆さんに敢えて近づいたってか？　そういうことなんだな？　それでどうしてェ、また嫌味《わめ》のひとつでも言われたってのか」

「いえ、なんだかギャアギャア喚いていましたが、あたし、聞こえない振りをして、三吉を連れて逃げましたから……。けど、なんで、あの婆さんから逃げなきゃならないのかと思うと、悔しくって！」

達吉は懐手《ふところで》にううんと首を捻《ひね》った。

おうめの苦々しさが、手に取るように伝わってくる。

だが、果たして、このままでよいものだろうか……。

とめ婆さんのことなど、うっちゃっておけばよいところをそうさせないのは、おうめの心の中に、現在《いま》のおりきに過去を隠しているという、後ろめたさがあるからではなかろうか。

その想いが、何かある度に杞憂《きゆう》となって、おうめを恐怖に駆り立てるとしたら……。

「おうめよ、いらぬおせせの蒲焼《かばやき》と思ってくれてもいい。だがよ、俺ャ、思うんだが、女将さんだけには叶屋であったことを話しておいたほうがいいんじゃねえか？　現在《いま》の女将を先代だと思ってよ。そうすりゃ、おめえの心から女将さんに隠し立てをしているという疚《やま》しさが去り、今後、とめ婆さんから何を言われようと、毅然《きぜん》としていられるんじゃねえか？　大丈夫《でえじょうぶ》だ。おめえも女将さんが太っ腹《ぱら》な方だと知っているだろ？　女将さんなら、おめえを理解し、力になって下さるからよ」

達吉は言いながらも、それとなく、おうめの顔色を窺っていた。

まさか、自分が間違ったことを言っているとは思わないが、良かれと思って言ったことが、おうめを更に動揺《どうよう》させることになっては……。

が、存外《ぞんがい》にも、おうめは憑物《つきもの》でも落ちたかのように、冴々《さえざえ》とした笑いを見せた。

「解りました。あたし、話します。何故もっと早くにそうしなかったんだろう。あたしよりうんと年若《としわか》な女将さんだけど、あたし、この頃じゃ、女将さんを先代と同じように慕《した》っています。時折、女将さんと話していると、先代と話しているような錯覚《さっかく》に陥《おちい》ることがあるんですもの」

おうめは小娘のように、へへっと照れて見せた。

おうめが十八歳のときのことである。

当時、おうめは浅草瓦町の半襟屋《はんえりや》叶屋に、お端女《はした》として上がっていた。

叶屋は浅草東仲町《ひがしなかちょう》えり半の番頭森造《しんぞう》が、暖簾《のれん》分《わ》けをしてもらって出した見世である。

　そのため森造は所帯を持つのが遅く、四十路《よそじ》半《なか》ばで貰った内儀のお律《りつ》との間に生まれたお恵《けい》は、まだ四歳という幼子《おさなご》であった。その頃、叶屋は番頭、手代、丁稚《でっち》と表方《おもてがた》十数名に、お端女や下男といった奥方《おくがた》の使用人と合わせて二十三名という所帯であったが、ここにお律の弟彦次郎《ひこじろう》が見習とは名のみ、つまり、居候《いそうろう》として転がり込んでいた。

　おうめの他に五人ほどいたお端女には、とてもお恵の世話まで手が廻らない。

　しかも、お律は二人目の子を宿していて、それも臨月《りんげつ》にはまだ暫《しばら》く間があるというのに、お腹ばかりか手足までが浮腫《むく》み、本道《ほんどう》（内科）の医師が言うには妊娠腎《にんしんじん》という病らしく、安静第一ということであった。

　叶屋は子守り女を雇おうとした。

　ところが、どういうわけか、お恵がすっかりおうめに懐《なつ》いてしまい、片時も傍を離れたがらなくなったのである。

「こう、お嬢さまに勝手方に入って来られたのでは、あたしら、万が一のことがあってはと、気の安まる間もありません」

　遂《つい》に、女中頭ともいえる古株のおゆくという女が、森造に苦言を呈した。

　それで、叶屋では改めてお端女をもう一人雇うことにして、おうめをお恵の乳母《うば》に直したのである。

　だが、そうなれば、今までのように勝手仕事の片手間にというわけにもいかず、おうめは病床にあるお律に代わって母親の役目も務め、日がな一日、お恵の傍を離れられなくなってしまったのである。

が、おうめに不満があろうはずもない。

おうめは鶴見村の百姓家の末っ子として生まれ、上に三人の兄がいるにはいたが、幼い頃よりどこかしら物寂《ものさみ》しく、まるで人形か子猫でも傍に置きたがるように、妹を欲しがっていた。

それが期せずして、こんなに愛らしい、お恵の面倒を見ることになったのである。

無論、幼いとはいえ、お恵は主人《あるじ》である。決して矩《のり》を越えてはならないと、重々承知であった。

とはいえ、お恵を愛《いと》しく思う気持には抗《あらが》えない。おうめは何かすると、お恵を胸にぎゅっと抱いては愛撫《あいぶ》し、夢のような幸せに浸《ひた》った。

ところが、それがお律には面白くなかったようである。

「まあ、なんでしょう、あのでれでれとした態度は！　あれではお恵のために良くありません。叶屋の一人娘として、先々どこに出しても恥ずかしくないように、もっと厳しく躾《しつ》けなければ……。おまえさま、今すぐ、おうめに暇を出して下さいませ！」

お律はことある毎《ごと》に森造にそう迫った。

「まさか、おまえはおうめに肝精《きもせい》を焼いているんじゃなかろうね。いいってことよ。お恵はまだ四歳だ。あのくらいの娘にはあり余るほどの愛で包み込んでやっても、まだ足りないくらいです。本来ならば、母のおまえがそうしてやるところを、おうめが代わりにやってくれているのだからね。第一、暇を出すといっても、それでお恵が納得するとは思えない。おうめはあたしたちが選んだのではなく、お恵が望んで乳母にしたということを忘れてはなりません。それにね、子供なんてものは、遅かれ早かれ、親離れしていくものです。殊《こと》に、お恵は女ごの子だからね。現在《いま》は甘えたいだけ甘えさせてやり、あたしたちはそのときが来るまで黙って見守ってやることです」

「また、おまえさまはそんな後生楽なことを！　では、少し早い気もしますが、お恵を稽《けい》古《こ》事《ごと》に通わせましょう。せめて、そうでもしないと、あの国猿《くにざる》（田舎者）にお恵が何を吹き込まれるか分かったものじゃありません！」

「稽古事か……。まっ、それならいいでしょう。だが、手習や稽古に通わせるにしても、供廻《ともまわり》をつけなきゃならない。それは、やはり、おうめの役目ですからね」

森造がそう言うと、お律も不承不承《ふしょうぶしょう》ながら頷いた。

結句、お恵は通常六歳から始める稽古事や手習に、四歳から通うことになった。

が、どちらにしても、半ば、遊びのようなものである。

ところが、お律がお恵とおうめの間に距離を置こうと図《はか》ったことが、とんでもない事件へと繋がってしまったのである。

その日、おうめはお恵の手を引き、諏訪町《すわちょう》から蔵前《くらまえ》のほうに向かっていた。

刻《とき》は七ツ（午後四時）、元鳥越町《もととりごえちょう》で手習を終え、それから箏曲《そうきょく》師匠の家に廻ったので、お恵もかなりくたびれていた。

が、上ノ御門《かみのごもん》に差しかかろうとしたときである。

中ノ御門《なかのごもん》のほうから大股《おおまた》に歩いて来た男が、まるで見知人《みしりびと》にでも出逢《であ》ったかのように、ひょいと二人に向かって片手を上げた。

遠目に見ても、二十五、六歳の滑男《ぬめりおとこ》（伊達男《だておとこ》）といった風体《ふうてい》である。

「あっ、彦のおじちゃんだ！」

お恵がおうめと繋いだ手を離すと、男に向かって駆けて行った。

「おう、今、帰《けえ》りか。お恵、おめえ、ちっこいのに精が出るのっ」

お律の弟、彦次郎であった。

彦次郎はお恵を抱え上げると、スタスタとおうめのほうに寄って来た。

「おめえら、喉がからついちゃねえか？　どうでェ、そこらで甘酒《あまざけ》か汁粉《しるこ》でも一杯《いっぺえ》引っかけてかねえか？」

おうめの顔がさっと曇《くも》った。

「でも……。早く帰らないと、お内儀《かみ》さんが心配をなさいます」

「姉貴《あねき》が？　大丈夫《でえじょうぶ》だよ。出しなに居間を覗いてみたが、姿が見えなかった。大方、あそこがここがと不平を連ねて、また寝込んでいるに違《ちげ》ェねえ。それによ、夕餉《ゆうげ》まで、まだ一刻《いっ》《とき》（二時間）もある。甘酒の一杯《いっぺえ》くれェどうってことねえだろ？　なっ、お恵、おめえは汁粉が飲みてェよな？」

彦次郎がお恵の顔を覗き込み、にっと笑った。

「うん、飲みたァい！」

「よし、決まりだ。お恵は俺が抱いて行くから、おうめ、ついて来な」

彦次郎はそう言うと、元旅籠町《もとはたごちょう》あたりの茶店に行くのかと思ったら、広小路《ひろこうじ》に向かって、ぐいぐいと脚を進めて行った。

こうなれば、黙って後を追うより仕方がなかった。

広小路は常にも増しての人溜で、喧噪《けんそう》としていた。

彦次郎は雷門《かみなりもん》のほうに歩きながら、おうめを振り返った。

「今日はなんの日か知ってるか？」

「えっ……」

咄嗟のことで、おうめは慌てて四囲《しい》を見回した。

そういえば、通りすがいの人々の手に、鬼灯《ほおずき》の鉢《はち》がぶら下がっている。

「鬼灯の日！」

彦次郎の腕の中から、お恵の甲高い声が飛んできた。

「そうよ、四万六千日《しまんろくせんにち》だ。お恵、偉いぞ。よく知っていたね。ようし、おじちゃんが後で鬼灯を買ってやろう」

「うわっ、いいんだ！」

「だが、その前《めえ》に汁粉だが、こう蒸し暑くっちゃ、白玉《しらたま》のほうがいいかな？」

彦次郎は言いながら仲見世《なかみせ》を奥へと進むと、橘屋《たちばなや》という茶店に入って行った。

そうして白玉を食べ、お恵が早く鬼灯を買おうよとぐずり出したときである。

「解ってるってば！　いいから、もう少し大人しく待ってな。それとも、お恵、どの鉢を買うか、おめえ、先に行って選んでるか？　おじちゃん、おうめと少し話があるからよ。但し、遠くに行くんじゃねえぞ。ほら、向かいのあの見世だ。あの見世で、おめえの気に入った鉢を見つけな」

彦次郎が、さっ、行きな、とお恵を追い立てた。

「いけません！　お恵ちゃん、おうめから離れちゃいけません！」

おうめは慌てて立ち上がろうとした。

その手を、彦次郎がぐいと握り締める。

あっと、振り放そうとするが、彦次郎はぐいぐいと力を込め、にたりと片頬で嗤《わら》った。

「どうしてェ、声を上げるか？　上げたきゃ上げてみな。お恵が怖がるだけだぜ。それより、ちょんの間だ。静かにしていたほうが身のためだぜ」

お恵はそんな二人を訝しそうに瞠めていたが、鬼灯の誘惑《ゆうわく》には勝てないとみえ、くるりと背を返すと、向かいの見世へと駆けて行った。

「放して下さい！　お恵ちゃんが迷子にでもなったら……」

「大丈夫《でえじょうぶ》だよ。お恵はあれでなかなかしっかりしているからよ。俺《おり》ゃよ、おめえとどうしても二人きりになりたかったのよ。おめえ、俺のことをどう思ってる？」

「どうって……」

「何を空惚《そらとぼ》けたことを言ってるのよ。俺ャ、ちゃんとおめえの気持を知ってるんでェ。おめえが俺を見る濡れかかった目……。だったら、魚心《うおごころ》あれば水心《みずごころ》。遠回しなことは止《よ》そうぜ。俺もよ、決して、嫌ェなほうじゃなくってよ。お恵を寝かしつけたら、裏木戸に廻って来な。大丈夫《でえじょうぶ》だ。今宵は旦那は寄合だし、姉貴は五ツ半（午後九時）には閨《ねや》に入《へえ》っちまう。裏茶屋でさ、おめえと二人、ひとつ真猫《しんねこ》といこうじゃねえか」

彦次郎はおうめの腕をぐいと引くと、耳許に熱い息を吹きかけた。

「止《や》めて下さい！　あたし、あたし、そんなんじゃありませんから！」

おうめは大声で鳴り立てると、彦次郎の腕を思い切り振り払った。

冗談じゃない！

何が濡れかかった目だい。

あたしの目には、おまえなんか微塵芥子ほども入っちゃいないんだよ！

そう、大声でどしめいてやりたかったが、おうめはなんとか胸を押さえ、見世の外に飛び出した。

お恵ちゃん……。

確か、お恵は向かいの見世で鬼灯を選んでいるはずである。

が、目を皿のようにして捜しても、向かいの見世ばかりか、仁王門《におうもん》に向かってずらりと棹《さお》に並んだ屋台見世《やたいみせ》にも、お恵の姿は見当らなかった。

「お恵ちゃんの溺死体《できしたい》が柳橋《やなぎばし》付近で見つかったのは、三日後のことでした」

おうめは辛そうに顔を歪《ゆが》めた。

「結局、誰が連れ去ったのか、とうとう判《わか》らず終《じま》いだったんだな？　下手人《げしゅにん》は挙がらなかったということだ」

達吉も苦虫《にがむし》を嚙み潰《つぶ》したような顔で言う。

「下手人ということは、つまり、お恵ちゃんが独りで大川まで行き、過《あやま》って川に落ちたのではないと？」

おりきがそう言うと、おうめは項垂《うなだ》れ、首を振った。

「首を絞められた跡《あと》が残っていたそうです。最初《はじめ》はあたしが疑われました。けれども、橋屋にあたしが彦次郎さんといたのを大勢の人が見ていますし、見世を出てすぐ、あたしがお恵ちゃんを捜し回ったことも周知の事実で、間もなく嫌疑が晴れました。けれども、そんなことより……」

おうめはウッと前垂れで顔を覆《おお》った。

代わって、達吉が答えた。

「可哀相《かえいそう》に、こっぴどくお内儀さんから責められたんだよな」

お律はお恵の亡骸《なきがら》を見て、半狂乱《はんきょうらん》となった。

「おまえって女はなんて業晒《ごうさらし》なんだい！　お恵にびたくさするばかりか、彦次郎にまで！　おまえが彦次郎に汐《しお》の目を送ったことくらい分かっているんだ。お恵を手懐《てなず》けるだけでは飽き足らず、彦次郎にまで！　大方、彦次郎を甘《うま》いこと操ると、いずれ、小体《こてい》な見世の内儀に収まることが出来るとでも思ったのだろうが、なんて意地汚い！　おまえみたいな女ごを泥棒猫っていうんだ。さあ、返しておくれ！　あたしの大切なお恵を返しておくれよ！」

お律は髪を振り乱し、傍にいた森造が止めに入らなかったら、おうめを殺しかねないほどの剣幕であった。

「おまえさま、後生一生《ごしょういっしょう》のお願いだ。この女をお上に突き出して下さい！　自身番もなんて手緩《てぬる》いことを！　手は下さずとも、この女がお恵を殺めたのも同然なんだ。それをお構いなしだなんて、絶対に許せない！　自身番で埒《らち》が明かないというのなら、大番屋に。大番屋が駄目なら、いっそ奉行所に突き出して下さいよ！」

「まあ、待ちなさい。お律、おまえの気持はよく解る。このあたしだって、同じ気持だ。事情はともあれ、おうめがお恵から目を離した過失は、拭《ぬぐ》おうにも拭えないからね。だが、どんなにおうめを責めたところで、お恵は二度と戻って来ない。しかも、奉行所に直訴《じきそ》したところで、せいぜい呵責《かしゃく》程度で済まされる。そうなれば、縄付きを出したと叶屋の顔に泥を塗るだけの話……。いいですか、お律。あたしはおまえの気持がよく解っているつもりです。だから、あたしはこれから叶屋として、おうめに罰を与えようと思う。それでいいね？」

森造はお律を宥《なだ》めると、徐《おもむ》ろに身体を返し、おうめに目を据えた。

「おうめ、お律の気持はよく解ったと思うが、あたしもお律と同じ気持です。勿論、おうめが直接お恵に手を下したとは思っちゃいないが、親の気持というものは、理道《りみち》では解っていることも、なかなか宿命《さだめ》として承服できるものではなくてね。おまえの顔を見ると、僅《わず》か四歳でこの世を去ったお恵への未練や懊悩《おうのう》が、絶えることなくあたしたちの胸に衝き上げてくる。だから、二度とあたしたちの前に、いや、この浅草界隈に姿を現わさないでもらいたい。これは叶屋が出した、江戸十里四方払と思ってくれればいい。十里四方といっても、そこはまあ、おまえの裁量に任せますが、せめて、江戸城より北には脚を踏み入れないでおくれ」

森造は苦渋《くじゅう》の決断を下した。

おうめはわっと声を上げて突っ伏した。

お律の気持も森造の気持も、痛いほどに解る。

おうめは自分が処罰を受けることでお恵がこの世に戻ってくるのであれば、十里四方払どころか、獄門《ごくもん》になっても構わないとまで思っていた。

それゆえ、自身番でのお調べでも、何ひとつ言い抜けしようとしなかったのである。

それほど、おうめにはお恵を失った喪失感《そうしつかん》が大きかった。

自分もお律のように、形振《なりふ》り構わず泣き叫ぶことが出来たら……。

だが、おうめの立場では、そうすることも許されない。

そう思うと余計こそ、心の中で、痛みや疵《きず》が渦《うず》を巻くように広がっていくのだった。

おうめは魂《たましい》を抜き取られた状態で、実家の鶴見村に身を寄せた。

だが、胸に打ち込まれた楔《くさび》はますます大きくなるばかりで、お恵への哀惜《あいせき》が日々募《つの》っていった。

西瓜《すいか》を見れば、口の周囲《まわり》を果汁でべとべとにして茶目っ気たっぷりに種を噴き出すお恵の面影《おもかげ》が過《よぎ》り、赤蜻蛉《あかとんぼ》が群れをなして飛ぶ姿に、蟲や鳥の好きだったお恵を懐かしんだ。

鶴見村に帰って三月後《みつきご》、このままではおうめが錯乱《さくらん》するのではないかと案じた父親が、ある日、村役人と相談して奉公先を決めてきた。

「働くこった。それしか、おめえを立ち直らせる手立がねえ。大丈夫《でえじょうぶ》だ。何もかもを承知したうえで、おめえを引き受けてくれる旅籠を、中庄屋が見っけて下さったからよ。太っ腹で仏性《ほとけしょう》の女将なんだとよ。中庄屋が太鼓判を押していた。だからよ、おめえも生まれ変わったつもりで、女将に身体を預けることだ」

父親がそう言って勧めたのが、立場茶屋おりきだった。

「まあ、そうだったのですか。よく話してくれましたね。ねっ、おうめ、今までわたくしは黙って話を聞いていましたが、おまえはもう充分すぎるほど呵責に耐えてきたのです。これ以上、思い悩むことはありませんよ」

おうめから全てを聞き、おりきは胸の中が切なさと愛しさで一杯になった。

女中頭として旅籠全体を束《たば》ね、いつ見ても屈託がなく心さらなおうめが、このような悔恨《かいこん》を胸に抱えていたとは……。

達吉も笑いながら、態《わざ》と競口《きおいぐち》を叩いた。

「そうでェ。これからはとめ婆さんが何を言おうと、ああそうだよ、それがどしてェてな具合に、けろりとしてりゃいいのよ！」

「いいえ、違うんです。あたし、とめ婆さんなんかどうでもいい。何を言われてもいいんです。けど、あたしが一等辛かったのは、婆さんの顔を見る度に、このところようやく忘れかけていたお恵ちゃんのことを再び思い出して、あの娘《こ》、生きていたら幾つだろう、お嫁に行ったかしら、子供の三人でも生まれただろうかなんて思っちゃって……。あの娘《こ》の未来を断つ、そんな契機《きっかけ》を作ってしまった自分が許せなくて……。あたし、あたし……、それほどあの娘《こ》が愛しかった。男に惚《ほ》れたことなんて一遍もないけど、あの娘《こ》のことだけは、愛しくって愛しくって……。きっと、あたしは生まれつき妙なんですよ。だから、立場茶屋おりきに引き取られてからも、あたし、二度とお恵ちゃんに肩入れしたみたいに、人を好きになるまいと思った……」

「それは違いますよ、おうめ。おまえがお恵ちゃんを愛したことはよく解ります。けれどもね、それで二度と人を好きにならないなんて……。何度、人を愛したっていいんですよ。それが生きるということなのですもの。おまえは現在《いま》生きているのです。これから先もずっとずっと生きていかなければなりません。だって、おうめはわたくしにはなくてはならない女《ひと》ですもの。わたくしだけじゃありませんわ。達吉や立場茶屋おりきの全員にも、おうめはなくてはならない愛しい女《ひと》なのですよ」

「あたしが……、愛しい女《ひと》……」

「そうですよ。愛しいと思うのは、何も、男女や親子の関係に限られたことではありませんもの。だから、おうめが四歳のお恵ちゃんを愛しいと思った気持……、別に可笑しくもなければ妙でもないのですよ」

「……………」

「さあ、涙をお拭きなさい」

おりきは胸の間《あわい》から懐紙《かいし》を取り出すと、そっとおうめに手渡した。

「そうでェ。女将さんの言いなさる通りでェ。とめ婆さんだってよ、おめえが思うほど腹に毒を抱えているわけじゃねえんだ。あの婆さんがああなったのも、他人《ひと》にゃ言えねえ深《ふけ》ェ疵を抱えていてよ。人それぞれ、辛《つれ》ェ想いを胸に秘め、それを乗り越えて生きているってことだからさ」

「とめ婆さんが……。そうだったんですか。女将さん、聞いて下さり有難うございます。あたし、なんだか少し吹っ切れたような気がします。明日から、ううん、たった今から、後ろを振り返ることなく、毅然と顎《あご》を上げて生きていきます」

おうめはようやく眉《まゆ》を開いたようで、おぼおぼしい笑顔を見せた。

「そう、良かったわ。じゃ、おうめのために最上級の喜撰《きせん》を淹れましょうね」

「そうだ。女将さん、確か、鹿子《かのこ》餅《もち》が残ってやしたね？　験《げん》直しだ。あれ、頂いちゃいましょうかね」

達吉が長閑《のどか》な声を出す。

うらうらとした宵の春、どうやら、おうめの永き冬も終わったようである。

三吉はあっと目を瞬いた。

昨日見たときにはまだ半開きだった蕗の薹が、今日はすっかり口を開け、中には一寸ほど茎の伸びたものもある。

日一日、こうして、ものの芽は成長していくんだ……。

そう思うと、なんだかこれ以上採ってはならないような気がし、三吉は出しかけた手をつと引っ込めた。

朽ち葉を掻き分ければ、まだしっかと蕾を閉じた蕗の薹が眠っているかもしれない。けど、皆、もうたっぷりと春の香りを愉しんでくれたんだ……。

昨日、おりきから亀蔵親分が蕗味噌を大層悦び、ご飯が四膳も進んだと聞いた三吉は、なら、今日のうちにあるだけ採っておこうと思い立ち、再び、浜木綿の岬に脚を向けたのだった。

三吉は坂道にそっと腰を下ろした。

昨日に比べると風もなく、麗《うら》らかな春光が肌を嘗《な》めていくようで、なんとも長閑で心地《ここち》良い。

水面《みなも》でちらちらと光が踊《おど》り、音のない三吉の世界で、それはまるで春の調べを奏《かな》でてくれているかのようであった。

うん、うん、聞こえるよ……。

三吉は身体中の神経を研ぎ澄ませ、目で、鼻で、肌で、その調べを聞き取ろうとする。

だって、おいら、こんなふうにして、おとよちゃんの唄や三味線の音色を聞いたんだもん……。

三吉はぽつりと呟く。

昨日、三吉はおりきからおとよのことを聞き、居ても立ってもいられない想いで、竹筒《たけづつ》で作った貯金箱から穴明き銭を掻き集め、街道へと走った。

「おとよちゃんはね、不自由な身体を嘆《なげ》くことなく、芸を身につけ、お祖母《ばあ》さまと共に懸命に生きていこうとしているのです。投げ銭を盗られたことは、亀蔵親分が何か方法を考えて下さるそうです。だから、三吉は心配しないで、温かく見守ってあげましょうね」

おりきは三吉の目をしっかと見て、こんこんと諭《さと》すように言った。

「だったら、女将さん、おいらの小遣をあの娘《こ》にあげてもいい?」

「ええ、いいですよ。わたくしもね、先程、おとよちゃんの三味線を聞いて来たところなのですよ」

「三味線……。どんな音がした？　上手《うま》かった？」

「ええ、とてもお上手《じょうず》でしたよ。声も鈴を転がすみたいに可愛《かわい》い声で、そうね、三吉はおきっちゃんの声を憶《おぼ》えているでしょう？　とってもよく似ているのよ」

「おきちの……。そうか、だったら、おいらもあの娘《こ》の三味線や唄を聞けばいいんだね！」

「えっ……。そうね、そうすればいいのよ。けれども、お金は銭函に入れるのではなく、おとよちゃんの手にしっかりと握らせてあげましょうね」

おりきの言葉に、三吉は胸がぽっと熱くなった。

そうだった。そうすればいいんだ……。

おとよは同じ場所にいた。

が、亀蔵親分からお叱りを受けたせいか、この日は、老婆と二人連れであった。

おとよが三味線を弾き、老婆が銭函を手に、道行く旅人に向けて何か喋っている。

三吉はおとよの前に立つと、パチパチと手を打った。

それで、おとよは客がついたと思ったようで、撥《ばち》を激しく動かし、唄い始めた。

三吉は目を凝《こ》らした。

耳は聞こえずとも、撥の動き、口の動きで、おとよの奏でる音色を肌で聞き取ろうとしたのである。

すると、不思議なことに、三吉の記憶に残っていた音や声が、頭の中で勝手に旋律を奏で始めた。

それは、死んだおっかさんが唄ってくれた子守唄のようでもあり、おきちと唄った童唄《わらべうた》のようでもあった。

眼窩《がんか》にわっと熱いものが込み上げてきた。

おっかさん……。おたか姉ちゃん……。

暫くして、おとよの手が止まった。

ハッと我に返った三吉は、再び、パチパチと思いっ切り手を叩いた。

そうして、おとよの傍まで寄って行くと、

「手を出しな」

と言った。

おとよが見えない目を瞬いた。

「上手だったね。おいら、三吉っていうんだ。おめえと同じくれェの歳。おいら、耳が聞こえねえんだ。けど、今のおめえの三味線と唄は、おいら、はっきりと聞いたからよ。これはお礼だ。さっ……」

三吉はおとよの手を取り、穴明き銭を八枚握らせた。

おとよは指先で銭を確かめた。

「こんなに……」

おとよは言い差し、あっと口を閉じた。

三吉の耳が聞こえないことを思い出したようである。

「大丈夫。口の動きで、おめえの言いたいことは解るからさ」

「ご免なさい。どうしよう……。こんなに貰っていいんですか？」

「駄賃を溜めてたけど、まだこれだけしか溜まってなくて……」

「…………」

「おいらよ、その先の立場茶屋おりきの世話になってるんだ。だから、おめえも頑張れや！」

「…………」

おとよは答える代わりに、つっと涙を頬に伝わせた。

「莫迦だな。泣くことないのにさァ。じゃ、おいら、帰《けえ》るからよ！」

三吉は尻こそばゆいような想いに、くるりと背を返した。

その背に、おとよがありったけの声を振り絞った。

「有難う！」

が、三吉には聞こえない。

三吉は後ろを振り返ることなく、そのまま茶屋へと帰って行った。

老婆とおとよが品川宿門前町を去ったと知ったのは、今朝のことである。

だが、善助からそのことを聞いた三吉の胸には、もう迷いはなかった。

ほら、見てごらん。

海やお日さまがあんなに長閑な春の調べを奏でているじゃないか……。

三吉は空を振り仰《あお》いだ。

碧《あお》い空にのたりと雲が浮き、雲に入るように雁《かり》の群れが渡っていく。

我知らず、三吉の頬は弛《ゆる》んでいた。

ほんの少しだけ、自分の進むべき道が見えたように思えた。

海に帰る

八十八夜の別れ霜《じも》とは、よく言ったものである。

日溜《ひだ》まりの中にいると、袷《あわせ》を脱ぎ捨て単衣《ひとえ》に、いや、いっそ浴衣《ゆかた》でもと思ってしまうが、暮れなずむ春の宵に浸《ひた》っていると、夏隣《なつどなり》にはまだもう少し間があるせいか、途端に、ぶるりと顫《ふる》えがつく。

三月初めから四月にかけて、参勤交代で賑《にぎ》わった品川宿門前町はようやくひと段落とあってか、立場茶屋《たてばぢゃや》おりきにも久々に打ち寛《くつろ》いだひとときが訪れていた。

「今宵《こよい》の泊まり客は大坂《おおざか》の伊呂波堂《いろはどう》だけでやすね。なんと、おりきに一組しか予約客がねえとは、珍しいこともあるもんだ」

算盤《そろばん》を片手に出入帳《でいりちょう》に目を通していた達吉《たつきち》が、ふわっと欠伸《あくび》を嚙《か》み殺し、慌《あわ》てて首を竦《すく》めた。

「おやおや……。今までが忙しすぎたのですよ。結構なことではありませんか。たまには、旅籠衆《はたごしゅう》にもほっと息の吐《つ》ける、こんなひとときがなくてはなりませんからね」

おりきは昨夜の接客について感じたことを細々《こまごま》と留帳《とめちょう》に書きつけていたが、ふと手を止めた。

「おまえもさぞや気疲れしたことでしょう。お客さまがお見えになるまでまだ二刻《ふたとき》（四時間）ほどありますか。少し身体《からだ》を休めてはどうですか」

達吉はびくりとしたように、威儀を正した。

「滅相もありやせん。疲れただなんて……。大番頭のあっしがこの程度のことで音《ね》を上げてたんじゃ、若ェ者《わけもん》に示しがつきやせん。だが、考えてみると、あっしも焼廻《やきまわ》っちまったもんだ。二十年この方、参勤を迎えるのは毎年のことで、今までは二刻ほど眠れば、翌日は生き返ったみてェに頭も身体もすっきりしたもんですがね。いけねえや、身体はまだなんとかなるにしても、頭の中に大鋸屑《おがくず》でも詰め込んだみてェに回転が悪《わり》ィ。この度《たび》も、危うく唐津《からつ》の水野さまと浜松の井上さまが重なりそうになったところを、女将《おかみ》さんが気づいて下さったからいいようなものの、鉢合わせとなった日にゃ……。ああ、思い出すだに、冷汗ものだ」

達吉が気恥ずかしそうに、ちょいと月代《さかやき》を掻《か》いた。

「水野さまも井上さまも共に譜代《ふだい》ですし、家格も同じで良かったですね。井上さまの先触《さきぶれ》が快《こころよ》く譲って下さったので何事もなく収《おさ》まりましたが、それを思うと、部屋の遣《や》り繰《く》りはまるで嵌《は》め絵か貝合わせでもするみたいで、気の安まる暇もありません。さあ、お茶が入りましたよ」

おりきは達吉のために初昔《はつむかし》を淹《い》れると、菓子鉢の蓋《ふた》を開けた。

「疲れたときには、甘いものが良いといいますからね。さっ、お上がり」

「おっ、亀屋《かめや》の柏餅《かしわもち》か。あっしはこいつに目がなくってね……。それじゃ、ひとつ頂きやしょうか」

達吉がでれりと目尻を下げ、柏餅に食らいつく。

「こいつにゃ思い出がありやしてね。先代が浅草寺《せんそうじ》にお詣《まい》りされる度《たび》に、お土産《みや》だと買って帰って下さった。浅草なら、雷おこしか人形焼きが相場だろうが、あたしはいっち亀屋の柏餅が好きでね、と言いなすって……。善助《ぜんすけ》なんざァ、それを知ってか、駄賃を溜《た》めてわざわざ浅草まで脚《あし》を伸ばして、先代を悦《よろこ》ばしてやした」

達吉はやけに神妙な顔をして、ぐずりと鼻を鳴らした。

浅草は善助が先代と初めて逢《あ》った場所である。

手慰《てなぐさ》みに嵌まって身代《しんだい》ばかりか幼妻《おさなづま》のおこままで失い、自暴自棄となって乞食《こじき》さながら浅草界隈《かいわい》を彷徨《うろつ》いているところを先代の女将おりきに拾われ、立場茶屋おりきの下足番となった善助である。

善助は生命《いのち》の恩人ともいえる先代に、せめて好物の柏餅をと、浅草まで買いに走ったに違いない。

「まあ、そうだったのですか。実は、これも善助が買って来てくれたのですよ。なんでも、三吉《さんきち》の節句が近いのでとか照れたように言っていましたが、では、先代の墓前にもお供えしたのでしょうね」

「じゃ、奴《やっ》ァ、三吉のために……」

「三吉ばかりではありませんわ。子供たちの小中飯《こぢゅうはん》(おやつ)にと、それがまあ、山のように買って来ましてね。旅籠衆だけでなく茶屋の皆に分けても、まだ余るほどですの」

「あの野郎、洒落《しゃれ》かけたことをしやがって！」

達吉は態《わざ》と顔を顰《しか》めて見せると、ぐびりと茶を飲み干した。

「旨《うめ》ェ……。新茶でやすね？」

おりきはふわりと笑って返した。

「八十八夜か……。もう、そういう季節になったってことでやすね。ということは、ぼやぼやしちゃいられねえ。節句が済んだら、すぐさま富士講、牛頭天王社《ごずてんのうしゃ》の河童祭《かっぱまつり》だ。やれ、貧乏暇なし、忙しいこった。お陰で、商売繁盛《しょうべえ》、疲れただなんて泣き言を言っている暇はありやせんぜ！」

「おや、現金だこと！　途端に、元気が出たようですね」

おりきはくすりと肩を揺すると、達吉の湯呑《ゆのみ》に二番茶を淹れてやる。

「だが、この度は、うちは事なきに済みやしたが、聞いた話じゃ、川嶋屋《かわしまや》では丸亀《まるがめ》の京極《きょうごく》さまと松山の板倉《いたくら》さまの先触が鉢合わせとなり、一触即発の剣呑《けんのん》な雰囲気が漂《ただよ》ったそうで……」

達吉が思い出したように言う。

「まあ、それで？」

「本陣《ほんじん》が間に入《へえ》って事なきに至ったそうでやすが、先に先触が入《へえ》ったのは京極さまのほうで、それを板倉さまに譲ったのですから、京極さまはさぞや業《ごう》が煮《に》えたことにございましょう。あっしら下々《しもじも》の者には、先に入《へえ》ったが勝ちと思いやすが、大名なんてもんは何をするにしたって、身分がものを言う。へっ、窮屈なもんでやすね」

達吉は取ってつけたように、太息《ふといき》を吐いた。

そのため、参勤交代は三月、四月に集中した。

大名の品川宿を始めとした宿場町では、本陣、脇本陣、旅籠と、ひと息入れる間もない忙しさとなる。

何しろ、水戸徳川家のような例外は別として、大名という大名が隔年交替に江戸と領国《りようごく》を往《い》き来するのだから、各藩の先触が他藩と重ならないように手配したつもりでいても、時折、齟齬《そご》が生じる。

そんな場合、大概が身分の上下によって対処された。

それは宿ばかりでなく、大名行列がすれ違う場合も同様で、供頭《ともがしら》が相手の槍印《やりじるし》や挟箱《はさみばこ》の家紋を見て咄嗟《とっさ》に判断し、相手が自分より格下だとそのまま通過する。

が、同格と見れば、往来《おうらい》を半分ずつ譲り、藩主が互いに駕籠《かご》の扉を開けて挨拶《あいさつ》し、行き違う。

ところが、相手の家格がやや上の場合となると、藩主が駕籠より片脚《かたあし》を出し、ちょいと土を踏《ふ》んだような恰好《かっこう》で挨拶するが、これまた数段上となると、そうはいかない。格下のほうが行列を止め、藩主が駕籠から出て挨拶をし、相手が通り過ぎるまで待機することになるのである。

これでは達吉が、いかにも勿体《もったい》ぶったようだ、と仰々《ぎょうぎょう》しく思うのも無理はない。が、上下の礼を尊《とうと》ぶことで武家社会の秩序が保たれているとすれば、先々に禍根を残さないためにも、必要不可欠なことなのかもしれない。

京極家も板倉家も共に五万石である。が、禄高《ろくだか》が同じであっても、京極家は外様《とざま》で板倉家は譜代である。それで、板倉家に軍配が上がったと思えるが、達吉が言うように、先に先触の入った京極家としては、内心面白くなかったに違いない。

「けれども、大事にならなくて良かったですこと。では、問屋場《といやば》のほうでも問題は起きなかったのですね?」

おりきがそう言うと、達吉は蕗味噌《ふきみそ》を嘗《な》めたような顔をした。

「やはり、今年も定助郷《じょうすけごう》だけじゃ足りなくて、代助郷《だいすけごう》が駆り出されやした。百姓の中には不満を言う者もいたようで、問屋場では助郷一揆《いっき》が起きなきゃよいがと案じておりやした。何しろ、三月四月は農繁期《のうはんき》でやすからね。男手《おとこで》を雇《やと》い人足《にんそく》に取られたんじゃ、そりゃ文句も出ようってもんで……」

達吉の言った助郷とは、参勤の荷を運ぶ人夫や駄馬《だば》を調達する村のことである。

大名の家臣だけで全《すべ》ての荷を運ぶのは手に余る。

そこで、各宿場周辺の村に人夫や駄馬が求められることになるのだが、毎度提供先となる村を定助郷と呼び、それでも足りないときに臨時に駆り出される村を、代助郷と呼ぶ。

当然、人夫や駄馬には手当が支払われるが、百姓にしてみれば飽くまでも大切なのは田畑であり、田植えを控えたこの時期は最も忙しいときである。

その農作業を女子供に押しつけて、男手を人足に取られてしまうのだから、不満が出ても無理はないだろう。

「武家の立場から見れば、参勤交代には今が最適のときなのでしょうが、なんとかならないものでしょうかね」

おりきもふうと溜息《ためいき》を吐く。

するとそのとき、帳場から声がかかった。

「女将さん、宜《よろ》しいでしょうか」

善助のようである。

「構いませんよ。お入り」

障子がするりと開いて、善助が顔を出す。

「今、飛脚がこれを……」

「おっ、早速、予約か……。おっ、これは……」

達吉が善助の差し出した文《ふみ》を手に、おやっと首を傾《かし》げる。

「どうかしましたか?」

「いえ、大坂の伊呂波堂からでやすが、では、今宵はお見えにならないということでしょうか」

達吉が訝《いぶか》しそうな顔をして、おりきに文を手渡す。

おりきは封じ文をはらりと開くと、

「いえ、そうではありません。同行者が増えたので、もう一部屋用意してほしいそうです。確か、伊呂波堂は主人《あるじ》の金兵衛《きんべえ》さまと供廻《ともまわ》りの方、お二人でしたよね？」

「へっ、そのつもりで、浜千鳥《はまちどり》の部屋を押さえていやすが、それでは供廻の人数が増えたということなのでしょうか。それとも……」

「詳しいことまでは書いてありません。けれども、もう一部屋とおっしゃるのですから、用意いたしましょう」

「じゃ、早速、おうめに言って、隣の松風《まつかぜ》を仕度《したく》させやす。だが、伊呂波堂もなんだっていうんだろう。幸い、今宵は部屋が空《あ》いていたからいいようなものの、今日になって追加しろだなんて、常なら、逆立ちしたって出来ることじゃねえ」

達吉がぶつくさ繰言《くりごと》を言いながら、やれ、と立ち上がる。

「大番頭さん！」

おりきは達吉を目で制した。

達吉はばつの悪そうな顔をして出て行ったが、甲羅《こうら》を経た達吉がこんな繰言を言うとは……。

それだけ達吉が老いたということでもあり、心底疲れ切っているということなのだろう。得体の知れない不安が、おりきの胸をぞろりと過《よぎ》っていく。

が、目は廊下に突っ立ったままでいる、善助へと向けられていた。

「善助、どうかしましたか？　まだ何か……」

おりきがそう言うと、善助はハッと我に返った。

「へへっ、いけねえや。おいら、女将さんに何か言わなきゃなんねえことがあったような……。あっ、そうだった。実は、俺、おきわのおっかさんから頼まれてよ。女将さんからおきわに一遍猟師町《りょうしまち》に顔を出すように言ってくれねえかって……」

「おたえさんが？　でも、また、どうして……」

「おきわの奴、おっかさんが言ったんじゃ聞かねえそうで。それで、女将さんの言うことなら聞くだろうって……」

「では、おきわは一度も猟師町に帰っていないというのですか……。解《わか》りました。わたくしから話しましょう。おきわを呼んで下さいな」

またぞろ、おりきの胸を昏《くら》い陰が過っていった。


「では、彦次《ひこじ》さんが亡くなってから、凡太《ぼんた》さんとは一度も逢っていないというのですね」

おりきはおきわの目をじっと見据えた。

おきわがその視線を避《さ》けるように、つと膝《ひざ》に目を落とす。

「いえ、一度だけ逢いました。彦次さんの野辺《のべ》送りを終えて、あたし、おいねを連れて猟師町を訪ねたんです。おとっつァんには終《つい》しか彦次さんと所帯を持つことを許してもらえなかったけど、これから先、あたしはおいねのおっかさんとして生きていくのです。だから、せめて、おいねだけでもおとっつァんに認めてもらいたくて……。けど、おとっつァん、あたしがおいねの手を引いているのを見て、途端にぶん剝《む》くれちまって、口も利いてくれなかった。何を話しかけても聞く耳持たずで、真面《まとも》に顔を見ようともしないで、常なら午後から漁に出ることなんてなかったのに、そそくさと漁の仕度まで始めて……。あんなのを逢ったというのなら、逢ったんです」

おきわは俯《うつむ》いたまま、鼠鳴《ねずみな》きするような声で言った。

「それは凡太さん特有の照れ隠しでしょう。子持ちの彦次さんと所帯を持つことに一旦《いったん》反対した手前、おきわになんと言ったらよいのか分からなかったのだと思いますよ。だからといって、それきり行かないなんて……。聞いた話では、お母さまはこれまでも北馬場町《きたばちょう》の裏店《うらだな》まで魚や野菜を届けて下さったとか……。亀蔵《かめぞう》親分が言っていましたが、凡太さん、漁から戻ると、市場に卸《おろ》す魚や賄《まかな》い用とは別に、北馬場町に届ける魚を分けていたのですってよ。言葉にこそ出さないが、やっぱり父娘《おやこ》だ。心の中では許しているんだよって、親分はそんなふうに言っていました。凡太さんって、そんな男《ひと》なのですよ。おきわだって、おとっつァんの性格はよく知っているでしょうに……。一度、口を利いてくれなかったくらいで、諦《あきら》めてどうするのです。何度も何度も、凡太さんがまた来たのかと辟易《へきえき》するほど訪ねてみるのです。心の中では許しているのですもの、凡太さんだって、いつかは心を開いてくれるでしょう。それに、おいねちゃんはあんなに可愛《かわい》いのですもの。あの娘《こ》を見て、心を開かないとは思えませんわ」

おりきがそう言うと、おきわは悔しそうにきっと唇を嚙み締めた。

「おとっつァんが心を開くなんて、そんなこと、絶対にない！　だって、あのとき、祖父《じ》っちゃんって呼びかけるおいねを、おとっつァんたら、鬱陶《うっとう》しそうな顔をして、シッシッと追い立てたんですよ。あたしに業を煮やすのなら構わない。悪態を吐かれようが、横柄な態度を取られようが、あたしはじっと耐えます。けど、罪もないおいねにあんな態度を取るなんて……。それでなくても、あの娘《こ》、おとっつァんを失い、どんなにか心細かっただろうに……。頑是《がんぜ》ないあんな小さな子供の心を傷つけるなんて、許せない！　あたしは彦次さんにおいねのおっかさんになると誓ったのです。これ以上、あの娘《こ》の心を傷つけるわけにはいきません。そのためには、あたしもおとっつァんと縁を切るより仕方がないじゃありませんか。だから、あれ以来、猟師町には脚《あし》を向けませんでした」

「そうだったのですか。でもね、お母さまがおっしゃるには、凡太さん、このところ、食が進まなくて、随分と痩《や》せたのですってよ。どこか悪いのだろうから医者に診《み》てもらったらと勧めても、頑として、首を縦に振ろうとせず、ならば、漁に出るのを少し控えたらと言っても、それも聞こうとしないのですって……」

「おとっつァんが……」

「それでね、おきわが顔を見せてやれば、少しは凡太さんの気が晴れるのではなかろうか……。凡太さんの心の中には、おきわに対する慙愧《ざんき》の念が常に居座っていて、それがじわじわと凡太さんを気の方（気鬱《きうつ》）に誘い込んでいるのじゃなかろうか……。お母さまはそんなふうに言っておいでなのですよ」

「おとっつァんが気の方……。あたしに慙愧の念？　そんなことがあるわけがない！　だったら何故《なぜ》、あのときあんな態度を取ったのでしょう。彦次さんが生きているというのなら話は別だけど、あの男《ひと》はもう二度と戻って来ちゃくれない。遺《のこ》されたあたしとおいねが手を携《たずさ》えて、これから先、懸命に生きていかなきゃならないというのに、いつまでも過去に囚《とら》われ、自分のほうからあたしたちを閉め出してしまったんじゃないですか」

「だから、そのことも含めて、凡太さんは忸怩《じくじ》としていらっしゃるのですよ。けれども、凡太さんの性格では、自分が悪かったとは口が裂けても言えない。言えないから余計こそ、思い屈していくのではないかしら？　だったら、おきわ、おまえのほうが心を開いてあげるべきではありませんか？　一度、つれない態度を取られたからって、それがなんでしょう。あなたたちは父娘《おやこ》なのですよ。切ろうにも、決して、切れない縁《えにし》……。それが父娘《おやこ》というものです」

「………」

おきわは項垂《うなだ》れたまま、くっくと肩を顫《ふる》わせた。

おきわが夜鷹蕎麦《よたかそば》屋の彦次と祝言《しゅうげん》を挙げたのは、一年前の雛祭《ひなまつり》の頃だった。

「女将さん、お願いがあります。あたしの最初で最後の願いです。おとっつァんがなんと言おうと、女将さんがどう思われようと、あたし、彦さんと祝言を挙げたいのです。後どのくらい一緒にいられるか判《わか》らないけど、祝言を挙げ、本当の夫婦《めおと》となって、女房として、この男《ひと》の最期を見届けてあげたいのです。お願いです。祝言を挙げさせて下さい！」

おきわは彦次が胸を病み、それも、もう余り永くないと解ったうえで、おりきの膝に縋《すが》りつき、涙ながらに訴えた。

おりきは今でもあのときのおきわの顔が忘れられない。

女が腹を括《くく》った顔……。

それは男が覚悟した顔に勝るとも劣らない、真《しん》に迫った形相《ぎようそう》であった。

おりきは、彦次と祝言を挙げるということは、おいねの母親になることであり、彦次が亡くなった後も、母としての自覚の下《もと》に生きていけるのか、この先、仮に好いた男が出来たらどうするつもりなのか、と諄々《じゆんじゆん》と諭《さと》した。

だが、おきわは毅然《きぜん》と言い切った。

「好きな男《ひと》は彦さんだけです。あたしは生涯あの男との思い出を胸に抱き、生きていくつもりです。女将さんが言いなすったように、仮に、先になって、別の男を好きになったとしても、それは、あたしとおいねを実の母娘《おやこ》と思ってくれる男なんだ。そんな男しか、好きにはならない……」

「あたし、感情に流されて、こんなことを言っているのではないんです。おいねがいてくれたら、今後、あたしはもっと強くなれる！　強く生きなきゃならないのです」

おきわの表情には、微塵芥子《みじんけし》ほども迷いがなかった。

おきわにしてみれば、おいねは乳飲《ちの》み子の頃から面倒を見てきた娘である。

当初は乳飲み子を抱えた彦次への同情からであったにせよ、日増しに可愛くなっていくおいねに、ねえたん、ねえたん、と纏《まと》わりつかれ、やがてそれが、おっかさん、に変わったとき、おきわはどんなにかおいねを愛《いと》しく思ったことであろう。

同時に、彦次への想《おも》いも、揺るぎない愛に変わったに違いない。

親の愛は子を産むことにあるのではなく、育てていく過程の中から生まれてくるもの……。

一度も子を産んだことのないおりきにも、それは痛いほどによく解った。

それで、おりきが間に入り、彦次とおきわの祝言を挙げさせようとしたのだが、おきわの父凡太は頑として二人が所帯を持つことを認めようとはしなかった。

「女将さんよォ、俺《おり》ャ、おめえを恨むぜ！　どこの世界に、娘を病《やまい》持ちで、しかも、もうあんまし永くねえ男に、悦んで嫁に出す親がいようかよ！　俺ャよ、娘を後家にするために育てたんじゃねえ。そのうえ、生《な》さぬ仲の子の面倒を見るんだと？　冗談じゃねえ！　そんな馬鹿げた話があって堪《たま》るかよ。それを、おめえさんは反対するどころか、媒酌人として取り持つだと？　俺ャよ、これまでおめえさんを理道《りみち》の解る、女にしておくにゃ勿体《もってえ》ねえ女将と尊敬してきたがよ、もう止《や》めた。おきわなんて娘とはよ、今日《こんち》限り、縁切りでェ！　おめえさんにやるよ。煮て食おうが焼いて食おうが、好きにしてくんな。俺ャよ、忙しいんだ。帰《けえ》ってくれ！」

凡太はそんなふうに取りつく島もない有様《ありさま》だった。

結句、北馬場町の裏店で、おりき、大家の笑左衛門《しょうざえもん》、おいね、亀蔵親分の立ち会いの下《もと》、二人は固めの盃《さかずき》を交わしたのだった。

狭い裏店を桃の花で埋め尽くし、病臥《びょうが》した彦次の傍《かたわら》に、縹色《はなだいろ》の留袖《とめそで》を纏ったおきわ……。

約《つづま》やかながら、誰の胸にも生涯忘れることの出来ない、雛《ひな》の燭《しょく》となった。

願わくば、一日も永く、二人の幸せが続きますよう……。

おりきは祈った。

が、その願いも虚《むな》しく、三日後、彦次は息を引き取った。

覚悟していたこととはいえ、あのときのおきわは実に凜然《りんぜん》としていた。

悲嘆《ひたん》に暮れていたのでは、おいねを不安に陥《おとしい》れるとでも思ったのか、

「おとっつァんはね、あたしたちの心の中で生きている。おとっつァんはおっかさんの身体の中に入ってくれたんだ。だから、あたしは今日からおいねのおとっつァんになる。あたしはおいねのおとっつァんでもあり、おっかさんでもあるんだよ」

そう毅然と言い切り、いつの日にか、彦次の夢であった蕎麦屋を出そうと、今日まで懸命に頑張ってきたのだった。

だが、おきわも凡太のことが気にならなかったわけではないだろう。

だから、おいねを連れ、一度、猟師町を訪れたのである。

ところが、意地っ張りで一筋縄ではいかない凡太……。

愛しいから、余計こそ、素直に出せない腹の内。

「海とんぼ（漁師）ってェのは、どうも鉄梃《かなてこ》が多くて敵《かな》わねえ。心根《こころね》は優しいんだがよ、元々、口下手《くちべた》なもんだから、一旦言い出したが最後、梃子《てこ》でも後に退《ひ》こうとしねえ」

亀蔵親分は凡太のことをそんなふうに評したが、言い得て妙である。

が、凡太が強情《ごうじょう》ならば、娘のおきわも負けてはいない。

自分が悪態を吐かれるのは構わないが、おいねを無視することは許さないとおきわは言うが、あのとき、おきわのほうがもっと心を開き、口先だけでなく心《しん》から凡太の胸に飛び込んでいたら、頑《かたく》なな凡太の心も幾らか和《やわ》らいでいたかもしれない。

そんなふうに考えれば、おりきにはどっちもどっちのように思えるのだった。

おきわはやはり泣いているようであった。

「一人で帰りづらいようなら、わたくしも一緒にと言いたいところですが、今回だけは、そういうわけにもいきません。他人《ひと》の手を借りるのではなく、全身でぶつかってみることです。わたくしにはそれしか方法がないと思いますよ」

おりきは、さあ、顔を上げて笑顔を見せて下さいな、と微笑《ほほえ》みかけた。

「解りました。明日にでも、猟師町を訪ねてみます」

おきわは意を決したように、顔を上げげた。

「なんでしょうね、おきわは……。明日なんて言っていないで、今すぐ行ってあげなさい。幸い、今宵の泊まり客は大坂の伊呂波堂だけです。いえ、他にお連れもあるようですが、いずれにしても、客の少ない今日の日を逃がす手はありませんよ。後のことはおうめやおみのたちに委《まか》せて、ゆっくりしていらっしゃい。そうね、おいねちゃんも連れて行くといいですね。大丈夫ですよ。凡太さんはお祖父《じい》ちゃんという立場に慣れていないだけで、小さな子供を相手に、どんなふうに接すればよいのか分からないのですよ。案ずるより産むが易《やす》し……。さあ、行っていらっしゃい！」

おりきはおきわの背中に廻《まわ》り込むと、ほらほら、と元気づけるようにさすってやった。

おきわは項垂れたまま、こくりと頷《うなず》いた。

凡太は砂浜に腰を下ろし、網の修理をしていた。

「ほら、随分と痩せただろう？　この頃うち、ろくに食べないんだもの」

母のおたえはおきわが訪ねて来たのが余程嬉《うれ》しいとみえ、おとっつァんが気づかないうちに、さっさと家の中に入っちまいな、と浮かれたように袖《そで》を引っ張った。

「とにかく、先に入ったほうが勝ちだ。そうすりゃ、門前払いをしようにも出来ないんだからさ。まさか、おとっつァんだって、部屋の中にいるおまえを追い出すような真似はしないと思うからさ。まあ、おいねちゃん、おまえ、また少し背が伸びたかね。祖母《ばあ》ちゃんの家によく来てくれたね。さあさ、お入り！」

おたえはおいねの手を引き、さっさと部屋の中に入って行く。

おきわはちらと凡太に視線を流した。

遠目で定かでないが、そう言えば、凡太の身体が一回り小さくなったような気がする。

「おとっつァん、お酒のほうは？」

「それがさ、そっちのほうは相変わらずでさ。食べないで、どぶ酒だけってのが、また気になってね。このままじゃ、糟喰《かすくらい》（酒飲み）だった嘉六《かろく》と同じ末路を辿《たど》るんじゃなかろうかと、あたしゃ、それが心配でね」

おたえは囲炉裏《いろり》に炭を足しながら、太息を吐いた。

嘉六とは、三吉やおきちの父親のことである。

海とんぼだった嘉六が酒代欲しさに三吉を陰間《かげま》に売り飛ばし、挙句《あげく》、酒毒に冒《おか》され死んでいったことは、品川宿門前町に住む者なら誰もが知っていた。

「まさか……」

おきわの顔がさっと曇った。

「けどさ、おとっつァんは嘉六のように、朝っぱらから酒浸《さけびた》りで、漁に出ないってことはないからさ。あの男《ひと》は骨の髄まで海とんぼだからさ。何があろうと、お天道《てんとう》さまが昇るのが待ちきれないようにして、海に出て行く。けど、そうなりゃ、それがまた心配の種でさ。

大してお飯《まんま》を食っていないというのに、あんなに身体を酷使していいんだろうかって……。さっ、お茶が入ったよ。おまえ、今日はゆっくりしていっていいんだろう？　久し振りに、親子水入らずで、晩飯を食おうじゃないか。今朝、おとっつァんが捕《と》った小鯛《こだい》があるんだよ。大きいのは市場に卸しちまったが、小鯛じゃ大した値がつかないからね。それで、北馬場町に持って行こうかと思っていたところなんだ。丁度良かったじゃないか」

「今日はあたしもそのつもりで来たの。女将さんがさ、皆で食べるようにって、ほら、弁当まで持たせてくれたのよ」

「まっ、女将さんが……。有難《ありがた》い、有難い、罰が当たりそうだね。こんな侘《わ》びた荒《あば》ら屋で、立場茶屋おりきの料理が食べられるなんて……」

おたえはおきわの差し出した風呂敷包《ふろしきづつ》みに、大仰《おおぎょう》に手を合わせて見せた。

おいねがくすりと笑う。

「おや、可笑《おか》しいかえ？　だって、祖母ちゃんはさ、生涯、立場茶屋おりきの料理なんて口に入らないと思っていたんだよ」

「おいねは毎日食べてるよ！」

「そりゃそうだろうさ。いいね、おいねちゃんは」

「うん。でもね、おいねたちが食べるのは、追廻《おいまわし》の杢助《もくすけ》さんたちが作る賄いだよ。けど、この弁当は板頭《いたがしら》が作ってくれたんだ。おっかさんもおいねも、板頭の作った料理を食べるのは初めてだよ」

おいねが丸い目をきらきらと輝かせて言う。

「そうかえ、まあ、板頭がねえ……。有難い、有難い。こんなものを頂いたんじゃ、喉《のど》が腫《は》れそうだ」

おたえは再び手を合わせると、風呂敷包みに向かってぺこりと頭を下げた。

「おっかさん、早く、早く！」

囲炉裏の傍《そば》で、おいねが手招きをする。

「そうだよ。おきわ、いつまでもそんなところに突っ立っていないで、さっ、お上がりよ！」

二人に促《うなが》され、おきわは再び浜のほうへと目をやった。

「おとっつァんが気になるのかい？　いいから放っときな。日が陰《かげ》れば戻って来るさ」

「けど、もう陽があんなに傾きかけている……」

夕陽《ゆうひ》に紅《あか》く染まった空を背景に、凡太の身体がやけに小さく、消え入りそうである。

すると、おいねがむくりと立ち上がり、おきわの腰をすり抜けるようにして、表に飛び出して行った。

「あたし、祖父《じ》っちゃんを呼んで来る！」

「あっ、おいね！」

おきわのむねがきやりと鳴った。

追いかけなければ……。

が、おきわの身体が動きかけたそのとき、おたえが腕をぐいと摑《つか》んだ。

「お待ち。暫《しばら》く、様子を見ようじゃないか」

「えっ……」

おたえは黙って首を振った。

砂浜の上をおいねが転げそうになりながら、駆けて行く。

「祖父《じ》っちゃん！」

凡太はぎくりと顔を上げ、振り返った。

が、慌てたようにさっと顔を元に戻すと、俯いた。

「何してるの？　祖父っちゃん」

凡太の傍まで駆けつけたおいねが、廻り込むようにして、手許を覗《のぞ》き込む。

「…………」

「網？　これ、お魚を捕る網なんでしょ？」

「…………」

「どうして、針なんて持ってるの？」

「…………」

「穴が開《あ》いたの？　穴が開いたから、おっかさんがおいねの着物《べべ》に継ぎ当てをするみたいにしているの？」

「…………」

凡太はおいねが何を問いかけても、黙って手を動かすだけで答えようとしない。もう駄目だ……。限界だ。

おきわはおたえの手を払おうとした。

が、おたえはぐいとその手に力を込める。

「いいから、もう少し待ちな」

すると、おいねも続けた。

「継ぎ当てをするのに、どうして、あて布がないの？　変なの！」

おいねが凡太の横にぺたりと坐《すわ》り、凡太の顔を覗き込む。

どうやら、その無邪気《むじゃき》な仕種《しぐさ》が凡太の心を和らげたようである。

「おめえは阿呆《あほ》か！」

凡太はぞんざい気に言うと、ちらとおいねを流し見た。

おいねがにっと笑顔を作ってみせる。

「どうして？」

「魚を捕る網に当て布だと？　へへっ、糞《くそ》が呆《あき》れて屁《へ》が引っ込むたァこのことよ。おっかさんはおめえに何も教えちゃくれねえのかよ」

「だって、おっかさん、旅籠の仕事で忙しいもん！」

「何が旅籠の仕事かよ！　ヘン、海とんぼの娘のくせしてよ」

「海とんぼって、なァに？」

「おめえ、海とんぼも知らねえのか！　いけねえや、こいつァ、俺がいろいろ教えなきゃなんねえことが山とありそうだ」

「うん、教えて！　おいね、祖父《じ》っちゃんの教えてくれることを一生懸命憶えるから！」

おきわの胸がじんと熱くなった。

終《つい》しか自分には出来なかったことを、今、おいねはいとも簡単にやってのけているのである。

「ほらね！」

おたえが片目を瞑《つぶ》ってみせる。

「あの鉄梃だって、子供の無邪気さには敵いっこないのさ」

おたえは冴々《さえざえ》とした顔をして、

「さっ、お飯《まんま》だよ。二人とも帰っといで！」

と浜に向かって叫んだ。

その夜、凡太は憑物《つきもの》でも落ちたかのように、よく食べ、よく飲んだ。

凡太はおきわと顔を合わせると、照れ臭そうに、へへっと頬《ほお》を弛《ゆる》めた。

その瞬間、一年余りも父娘《おやこ》の間に横たわっていた蟠《わだかま》りは、吹っ飛んだ。

凡太にそれ以上の言葉を期待するのが土台酷《こく》な話で、おきわには凡太の気持が手に取るように伝わってくるのだった。

寡黙《かもく》な凡太に代わって、浮かれたように喋《しゃべ》りまくったのが、おたえとおいねで、二人は巳之吉《みのきち》の作った料理の一つひとつに感嘆の声を上げ、極楽だ、寿命が延びた、と燥《はしや》ぎ合っていた。

「なんと、子供っていいもんだね。子供が一人増えたというだけで、家の中がぱっと明るくなるんだもの。ねっ、おいねちゃん、これからはちょくちょく遊びに来るんだよ！　祖父ちゃんだって、おまえがいると、ほら、こんなに食が進むんだもの。ねっ、おまえさん、そうだよね！」

おたえにちょっくら返され、凡太は、何言ってやがる！　とおたえを睨《にら》みつけたが、その顔は誰が見ても脂下《やにさ》がっていた。

「けど、良かった！　おとっつァんの食欲が出て……。あたし、本当に心配したんだからね。あたしのことが原因だと解ってはいたけど、一旦、前に向かって歩き出したからには、あたしだってもう後には引き返せない。おとっつァん、済みません。あたしをおいねのおっかさんでいさせて下さい。おいねはこんなに良い娘《こ》です。この娘を一人前の、どこに出しても恥ずかしくない娘に育てることと、彦次さんの夢だった蕎麦屋を出すことが、これからあたしが生きていくうえでの目標なんです。勿論、おとっつァんやおっかさんは大切な人です。あたしにはなくてはならない人なんです。これからは決して妙な意地は張りません。どうか、温かい目であたしたち二人を瞠《みつ》めて下さいな」

おきわは改まったように膝を正すと、深々と頭を下げた。

「もうもうもう……。親子の間で何を言ってるのさ」

「てやんでェ！　親を泣かせるもんじゃねえや……。何をしおらしいことを言ってやがる。この莫迦《ばか》が！　おきわ、俺ャよ、俺ャよ……」

凡太は懐《ふところ》から手拭《てぬぐい》を取り出すと、ウッと鼻を塞《ふさ》いだ。

「辛《つら》かったぜ……。済まなかったな……」

「おとっつァん……」

おきわも前垂《まえだ》れで顔を覆《おお》った。

そんな二人を、おいねがきょとんとした目で瞠めている。

「さあさ、新たな船出だってェのに、涙は禁物だ。おいねちゃん、鯛のお汁《つゆ》を飲むかい？　旨いよォ！　今朝、祖父ちゃんが捕って来た鯛だからさ！」

おたえがしんみりとした空気を払うように、甲高《かんだか》い声を上げた。

その頃、立場茶屋おりきでは大坂の伊呂波堂一行を迎えていた。

伊呂波堂は供廻の手代一人に、旅の途中で知り合ったという三十路《みそじ》半《なか》ばの男女を連れていた。

「急なことだというのに、よう部屋を取っておくれどした。参勤もひと段落ついたところで、道中どこの宿場も比較的空《す》いておましたが、品川宿だけはあきまへんわ。なんせ、立場茶屋おりきは一見客《いちげんきゃく》を取らはらへんことで有名でっしゃろ？　断わられることを覚悟のうえで早飛脚《はやびきゃく》を立てましたが、ああ、ようおましたわ。よう承知してくれはりましたな」

伊呂波堂金兵衛はてらてらと脂《あぶら》ぎった顔に満面の笑みを浮かべ、おりきの手を握り締めた。

「丁度、部屋も空いていましたし、伊呂波堂さまのご紹介ですもの。ご案じになることはありませんのよ。それで、こちらさまは？」

「おお、そやった！　実は、わても小田原の宿で出逢《でお》うたばかりでね。たまさか泊まった玉乃屋《たまのや》という宿で、部屋が隣り合わせとなりましてね。一緒に出湯《いでゆ》に浸《つ》かっているうちに、すっかり意気投合したやありまへんか。それがまっ、世間は狭いもんどっせ。聞けば、桑名《くわな》の白鳳堂《はくほうどう》の縁戚《えんせき》といわはる。うちは白鳳堂とは永い付き合いでおましてね。それで、ここから先は旅は道連れと、まっ、そんなことになりましたんや。へっ、こちらが白鳳堂耕三郎《こうざぶろう》はんの甥《おい》ごはん良造《りょうぞう》はんで、こちらが連れ合いのお佐津《さつ》はん。あんじょうお頼み申しまっせ！」

金兵衛から紹介を受けた白鳳堂良造は、気後《きおく》れしたように上目遣《うわめづか》いにおりきを見たが、へっ、ひとつ宜しゅうお頼み申します、とぺこりと頭を下げた。

伊呂波堂金兵衛は大坂の古物商《こぶつしょう》である。

金兵衛が八代目というから伊呂波堂はかなりの老舗《しにせ》で、京の吉野屋《よしのや》が言うには、扱う品も上物なら、客層も公家《くげ》や大名、豪商ばかりというのだから、品川宿に何軒かある古物商とは比較にならない。

その金兵衛が太鼓判を押すのだから、白鳳堂耕三郎の甥良造もまず間違いはないのだろうが、おりきの胸には一抹《いちまつ》の不安が過った。

良造の目に、どこか卑《ひ》屈《くつ》な翳《かげ》りを見たのである。

それは、大店《おおだな》の主人《あるじ》や富家層《ふうかそう》には決して見られないものであった。

そして、良造の陰にそっと身を隠すようにして寄り添う、内儀《ないぎ》のお佐津……。

身形《みなり》こそ臙脂《えんじ》の総鹿子《そうかのこ》絞《しぼ》りの小袖《こそで》に黒繻子《くろしゅす》の昼夜帯《ちゅうやおび》と、どこから見ても品《ひん》をした金目《かねめ》のものを身に着《つ》けているが、先笄《さきこうがい》に結《ゆ》った髷《まげ》といい、身体全体から醸《かも》し出す雰囲気がどことなく艶《なま》めかしい。

穿《うが》った見方をすれば、其者《それしゃ》か其者上がり……。

そう思われても仕方がないほど、何しろ、小色《こいろ》な女《おな》ごなのである。

だが、そう思ったのは、おりきだけではなかった。

夕餉膳《ゆうげぜん》が運ばれた後、客室への挨拶を前にひと息入れようとおりきが帳場に入って行くと、宿帳に目を通していた達吉が声をかけてきた。

「松風の客は理由《わけ》ありですな」

「理由ありとは？」

「桑名の白鳳堂だというが、女将さん、白鳳堂って聞いたことがありやすか？」

「いえ、ありませんけど、それはわたくしたちが知らないだけで、伊呂波堂が保証するとおっしゃっているのです。立場茶屋おりきとしては、古くからの顧客、伊呂波堂を信頼するより仕方がありませんわ」

「そりゃそうなんですがね……。するてェと、伊呂波堂が保証するからには、桑名に白鳳堂という古物商があることまでは疑えねえ。けど、伊呂波堂の旦那は白鳳堂の主人《あるじ》を知っているだけで、甥の良造とは面識がなかった……。小田原の宿で初めて逢ったと言ってやしたからね。どうもそこらへんが、あっしにゃ……。仮に、これが騙《かた》りだとしたら、伊呂波堂の旦那も騙《だま》されていることになりやすよ。いえね、あっしがそう思うのは、良造というあの男、どう見ても大店の主人《あるじ》、いや、縁戚には見えねえんでね。女のほうだって、ありゃ、どう見ても、其者……。いえね、大店といったって、たまに遊び女《め》や囲い者を内儀に直す例もありやすからね。不思議でないといえばそりゃそうなんだが、あっしはどうも喉《のど》に小骨が刺さったかのようで、すっきりしねえもんで……」

「達吉、もうそれ以上言うのは止《よ》しましょう。わたくしたちはお客さまとしてお迎えしたのです。お迎えしたからには、筒一杯《つついっぱい》、心を込めて、お持て成しをしようではありませんか」

「へっ、解っておりやす」

だが、おりきと達吉がそんな会話をし、そろそろ客室に挨拶をと思っていたときである。

「あっ、お待ち下さいませ！」

玄関口のほうから、おうめの甲張《かんば》った声が聞こえてきた。

達吉がさっと顔を強張《こわば》らせ、おりきを見る。

「いや、女将さんはここでお待ちを……。あっしが見て参じます」

達吉が立ち上がりかけたおりきを制すと、帳場を飛び出して行く。

おりきは障子の傍まで寄って行き、内側から表を窺《うかが》った。

「あっ、大番頭さん。この人たちが桃若《ももわか》という女が泊まっているだろうって……。あたし、そんな客はいないと言ったんだけど、おまえじゃ殻《ごく》に立たねえ、中を調べさせろって……」

「解った。おうめ、ここはあたしに委せなさい。お待たせ致しました。あたしが大番頭の達吉にございますが、ただ今、女中頭《じよちゆうがしら》が申し上げましたように、当方に、そのような方はお泊まりではございません。どうか、お引き取りを願います」

「洒落臭《しやらくせ》ェ！　このうんつけが！　平塚《ひらつか》の宿から跟《つ》けて来たうちの手下《てか》が、桃若と男がこの宿に入《へえ》るのをちゃんと見届けたんでェ！　四の五の言わずに、さっさとここに出しゃあがれ！」

「お客さま、お待ち下さいませ。ですから、そのような方はお泊まりではないと申し上げているのです」

「置きゃあがれ！　てめえじゃ埒《らち》が明かねえ。おっ、上がらせてもらうぜ」

「なりません！　ここから先は、一歩として中に入れることは出来ません」

「おう、てめえ、この俺さまをなんだと思ってやがる！　俺《おり》ャよ、こう見えても、大津月《おおつげつ》心寺《しんじ》脇の寺嶋組元締権八《てらじまぐみもとじめごんぱち》だ。その筋じゃ、ちょいと名が知れてる男だがよ、てめえの情女《いろ》を尻《けつ》の青《あえ》ェすっとこどっこいに連れ去られて、黙って引き下がることが出来ようかってェのよ！　おう、助《すけ》、昌《まさ》、構うこたァねえ。やっちまいな！」

「なりません！　あっ、痛《いて》ェてて……。何をなさいます！」

達吉の悲鳴に、おりきはさっと帳場を飛び出した。

権八という男が手下を連れて、踊り場から階段へと駆け抜けようとしていた。

見ると、達吉がもう一人の手下に羽交《はが》い締めにされ、おうめが唇まで蒼《あお》くして顫えている。

おりきは階段の上がり口に廻り込むと、男の前に立ち塞がった。

「てめえ、誰でェ！　このどち女《あま》が！　どきゃあがれ」

男はおりきの肩を小突《こづ》こうと、ぐいと手を伸ばしてきた。

おりきは身体を躱《かわ》すと男の手首を取り、反対側に捩《よじ》りながら鳩尾《みぞおち》に当身《あてみ》を入れた。

うぐっと、男が呻《うめ》き声を上げる。

「糞！　やりゃあがったな。女ごだろうが、もう容赦《ようしゃ》しねえ！」

もう一人の男が懐から匕首《あいくち》を取り出すと、おりきに向かって飛び込んでくる。

おりきは手首を捻《ひね》った男を突き放すと身体を捩り、匕首を持った男の懐にすっと入り込んだ。

男の身体がドサリと音を立て、転身して、投げを放った。床に崩れ落ちた。

「な、なんて女《あま》だ……」

床に倒れた男二人が恨めしげにおりきを見る。

すると、達吉を羽交い締めにしていた男が慌てて達吉を放し、男たちの傍に駆け寄ろうとした。

「さあ、どうしました？　いらっしゃい！」

おりきは男をきっと睨《ね》めつけた。

男がびくりと立ち止まり、倒れた権八を見下ろす。

どうやら、完全に戦意を失っているようである。

おりきは権八の前に寄ると、膝を落とした。

「ご挨拶が遅れてしまいました。わたくしが当旅籠の女将、おりきにございます。少々手荒いことをしてしまいましたが、わたくしどもではお泊まりになったお客さまがどなたであれ、お護《まも》りする使命がございます。それゆえ、どうぞ今宵は大人《おとな》しくお引き取り願いとうございます。尚《なお》、今後、この品川宿では二度とこのような騒ぎをお起こしになりませんよう。先程、この宿を預かる親分に遣《つか》いを走らせましたので、おっつけ参ると思います。おまえさま方、親分やお役人の見えないうちに姿を消しなすったほうが宜しいのではございませんか？」

おりきは権八に鋭い視線を投げ、すっと立ち上がった。

すると、男たちは再び投げ飛ばされるとでも思ったのか、挙措《きょそ》を失い、這々《ほうほう》の体《てい》で逃げ出した。

おりきはふうと太息を吐くと、達吉やおうめに微笑みかけた。

「さあ、何をしておいでだえ？　そろそろ、三の膳をお出しする頃でしょうに。おうめ、おみの、抜かりはないね！」

その声に、呆然《ぼうぜん》と成行《なりゆ》きを眺めていた女中や板場衆《いたばしゅう》が、慌てたように仕事場に戻って行く。


「申し訳ありませんでした」

草太《そうた》は深々と頭を下げた。

案の定、白鳳堂耕三郎の甥良造というのは嘘《うそ》で、草太はひと月ほど前まで白鳳堂の手代をしていたという。

「おさつとは草津《くさつ》にいた頃からの恋仲で、いや、恋仲というより片惚《かたぼ》れといったほうがいいのかな？　姥《うば》ヶ餅屋《がもちや》で茶汲女《ちゃくみおんな》をしていたおさつに惚れて、あんまし甘いもんは好きじゃありませんでしたが、よく買いに行きました。ところが、半年ほどした頃ですかね、おさつがぱったり見世《みせ》に出なくなったのです。それで不審に思って見世の者に訊《たず》ねてみたのですが、辞めたと言うだけで、ではどこに行ったのか訊ねても、誰も本当のことを教えてはくれませんでした。暫くして、あたしも桑名の白鳳堂に奉公に上がることが決まり、それっきり、おさつのことは忘れかけていました。ところが、あれから十二年も経《た》った去年のことです。旦那のお供で大津に出かけ、たまたま入った水茶屋に、なんと、おさつがいるではないですか……。口から胃の腑《ふ》が飛び出すのじゃないかと思うほど驚きました。あの可愛かったおさつが、ぞくりとするほど色っぽい女《おな》ごになって、しかも、水茶屋の女将だというではありませんか……。それからというもの、なんだかんだと口実を作って、大津に出かけるようになりました」

草太はぐすりと鼻を鳴らした。

「ご免なさい。草太さんが悪いのじゃありません。連れて逃げてくれと頼んだのは、このあたしなのです」

おさつが必死な形相で、草太を庇《かば》おうとする。

「あたし、おとっつァんに女郎《じょろう》として京の島原《しまばら》に売られたのです。桃若はそのときの源氏《げんじ》名《な》です。あたしは遊女が嫌で嫌で……。一日も早くあの世界から抜け出したいと思っていました。だから、寺嶋組の元締が身請《みう》けしておかみさんにしてくれると言ってくれたときには、夢でも見ているのかと思った。ああ、これで島原を抜け出せる。こんな汚《けが》れた女が堅気《かたぎ》のおかみさんになれるなんて……。あたしは生涯元締に尽くそうと思いました。けれども、大津に着いてみると、おかみさんなんて大万八《だいまんぱち》……。手懸《てか》けの一人にしかすぎなかったのです。けど、元締があたしのことを大切にしてくれるのなら、それでもいいと思いました。子供の頃から飲んだくれのおとっつァんに稼ぐ端から絞り取られ、島原に行ってからは身体だけが目的の男たちに弄《もてあそ》ばれ、あたし、一度も人に愛されたことがありませんでした。だから、元締があたしを大切にしてくれるのなら、あたしも心底尽くさなければと思っていたのです。それなのに……」

おさつは両手で顔を覆い、くっくっと肩を顫わせた。

「そうではなかったというんだね？」

達吉がそう言うと、おさつはわっと泣き崩れた。

寺嶋組というのは、琵琶湖《びわこ》周辺では少しばかり名の知れた俠客《きょうかく》だという。

権八は寺嶋組が胴元としてあちこちで開く丁半場《ちょうはんば》の元締の一人で、それが男の甲斐性《かいしょう》とでも思うのか、囲った妾《めかけ》の数でも他の元締たちと競《きそ》い合っていた。

「だから、一応は綺麗《きれい》な着物を着せ、水茶屋とか小料理屋を持たせるのです。でも、見世の上がりは全て持って行くし、金で買った女ごは自分の持ち物とでも思うのか、おさすり、いいえ、あれは奴隷《どれい》といってもいい。口答えしたり、気に入らないことでもあれば、殴《なぐ》る蹴《け》るの……。蛇《へび》に睨まれた蛙《かえる》みたいに、あたしたち女ごはいつも縮こまって、生きた心地《ここち》もしませんでした。そんなとき、草太さんに出逢えた……。途端に、草津にいた頃のあの淡《あわ》い想いが甦《よみがえ》ってきて、ああ、あたしはどこでこんなふうに運命が狂っちまったんだろうと思うと、堪らなくなって……。それで、草太さんに有りのままを打ち明け、連れて逃げてくれと頼んだのです。だから、草太さんが悪いのじゃない。草太さんはあたしのために白鳳堂を捨ててくれたのです。俺は昔からおめえのことが好きだった……、そう言ってくれたときには嬉しくって、嬉しくって……。あたし、誰からも愛されていないと思っていたけど、そうではなかったのです。愛されていることの悦びを初めて感じました。でも、その結果、草太さんに白鳳堂を捨てさせることになってしまったのです。あと少し辛抱《しんぼう》すれば、番頭の一人に加えてもらえるってときに、あたしはこの男《ひと》の運命まで狂わせてしまったのです。ご免なさい、本当にご免なさい……」

おさつは泣きじゃくった。

「事情はよく解りました。二人の気持はわたくしにも痛いほどによく解ります。でもね、そのことと、伊呂波堂さまを騙したことは別です。幸い、今日のところは大事にならなくて済みましたが、下手《へた》をすれば、伊呂波堂さまも巻き添えになったのですよ。何故、白鳳堂の甥だなんて嘘を……」

おりきは、さあ、涙をお拭きなさい、とおさつに懐紙《かいし》を手渡し、きっと草太を見た。

「へっ……。申し訳ありません。桑名から来たと言うと、こちらの旦那が白鳳堂を知っているかと訊ねられたもんで、つい……」

草太が項垂れる。

「いや、わてのことはようおますわ。それより、おりきはん、えらいこと迷惑をかけてしまいましたな。わてがよう調べもせんと、この男の嘘にころりと騙されよったばかりに、あんさんにこないな迷惑を……。堪忍《かんにん》どっせ」

伊呂波堂金兵衛が額の汗を拭いながら、詫《わ》びを入れる。

「伊呂波堂さま、大丈夫ですよ。頭をお上げ下さいまし。一旦、お引き受けしたからには、何があろうとも、わたくしどもの責任です。この方たちが無事に品川宿を出られるまで、責任を持ってお護り致します。けれども、問題はそこから先です。あの様子では、権八とかいうお男《ひと》、そうそう諦めそうにはありませんよ。これから先、あなたたちはどうするつもりなのですか？　江戸に出ればなんとかなるとでもお思いなのでしょうが、西国《さいごく》育ちのお二人が生き馬の目を抜くという江戸で生きていくのは、並大抵《なみたいてい》のことではありません。それとも、何か手立《てだて》を考えておいでなのですか？」

「手立……。いえ……」

おりきに言われ、草太とおさつは顔を見合わせた。

「そうですか。けれども、わたくしどもでは、そこから先はお二人の力になれません。但《ただ》し、追っ手に見つからず、品川宿を出るところまでは、責任を持ってお護り致します。それで宜しいですね？」

「流石《さすが》は、女将！　けど、どないにしはるおつもりで？」

おりきは金兵衛にふわりと笑みを返した。

「明朝、仕入れのために、うちの板場衆が魚河岸まで舟を出します。往《い》きは空舟《からぶね》ですので、そうですね、うちの雇衆《やといしゅ》に見えるよう、お仕着《しき》せでも着てもらいましょうかね」

「仕入れ舟にね。そりゃ、妙案どっせ！」

金兵衛も安堵《あんど》したのか、腹を抱えて笑う。

「そうと決まれば、明朝は早《はよ》うございます。今宵は早めに床に入り、ゆっくりと身体を休めて下さいまし」

おうめに後を委せて、おりきが帳場に下りて行くと、善助から知らせを聞いた亀蔵親分が待っていた。

「聞いたぜ、女将。えらいこと大立ち回りをしたんだって？」

「まっ、誰がそんなことを……」

「誰がって、善助だけじゃねえぜ。女中や板場衆が口々に、流石は女将だ、あの早業《はやわざ》じゃ、男が束《たば》になってかかっていっても敵いっこねえ、なんて感心してたぜ」

「女ごが相手だと思って、殿方《とのがた》が油断なさるからですよ。それより、善助から聞いて下さったでしょうが、大津の寺嶋組の……」

「おお、そのことだがよ。なに、俠客といったって、大《てえ》したこたァねえ。そこらのごろん坊に毛《は》が生えた程度でよ。そりゃそうだろう？　どこの世界に、情女に逃げられたからって、目の色を変えて自《みずか》ら捜《さが》し回る大物がいようかよ。そんなこたァ、三下《さんした》のやるこった。だが、念のため、金太《きんた》や利助《りすけ》を駆り出して、この界隈に目を光らせているからよ」

「そうしていただけると助かります。あの二人は明朝仕入れ舟に乗せて、江戸に送ることに致しました」

「おっ、そいつァいいや。まさか、舟を使うなんて奴らは考えていねえだろうからよ。すると、行き先は内神田か……。だが、そこから先はどうするつもりだろうか」

「さあ、そこから先、二人がどうなるかなんて神のみぞ知る。誰にも分からないことですわ。けれども、何があろうとも二人が信頼し合い、支え合っていけば、やがて進むべき道が見えてくるのでは……。わたくしはそう願っています」

　おりきは草太とおさつの経緯《けいい》を語って聞かせた。

「権八って奴ァ、なんて尻の穴の小せえ男なんでェ！　そりゃ誰だって、逃げ出したくもなるわな。ようし、そうと聞いちゃ、この俺もただじゃ済まさねえ！　明日になっても、まだこの界隈を彷徨《うろつ》いていやがったら、しょっ引いて、牢《ろう》にぶち込んでやる」

　亀蔵は腰から十手を引き抜くと、ぽんぽんと掌《てのひら》を叩《たた》いた。

「親分！　しょっ引くといっても、彼らはまだなんの罪も犯してはいないのですよ」

「立場茶屋おりきに乱を入れたとかなんとかさ……」

「けれども、別に被害が出たわけではありませんし、原因《もと》はといえば、おさつさんが逃げたことにあるのですからね」

　亀蔵が小さな目を一杯に瞠《みは》る。

「言われてみれば、そりゃそうだ」

　おりきはくくっと肩を揺らした。

「さっ、験直《げんなお》しに、美味《おい》しいお茶を淹《い》れましょうね」

翌朝、草太とおさつは巳之吉の仕入れ舟に同乗し、品川宿を離れて行った。

伊呂波堂金兵衛と供廻が江戸に向けて旅立ったのは、五ツ（午前八時）過ぎである。

そうして、立場茶屋おりきでも、また新しい一日が始まろうとしていた。

おきわがおいねを連れて猟師町から戻って来たのは、五ツ半（午前九時）頃である。

「昨日は勝手をさせてもらいました」

「おや、その顔では、凡太さんと仲直りが出来たようですね」

おりきが言うと、おきわは照れたように肩を竦めた。

「おいねのお陰です。あの娘《こ》が何もかも取り持ってくれたみたいで、あたし、つくづく、小さな子供には敵わないなと思いました」

「そう、おいねちゃんがね。けれども、それは、凡太さんもおきわも本当はとっくの昔に互いを許していて、何か契機《きっかけ》さえあれば、と心の中で切望《せつぼう》していたからなのですよ。いずれにしても、良かったこと！　これからはちょくちょく顔を出してあげるといいですね」

「はい、そのつもりです。おとっつァんたら、おっかさんが驚くほど食欲が出て、昨日頂いた弁当もぺろりと平らげてしまったのですよ。おいねもあたしも板頭の料理を食べたのは初めてで、これが立場茶屋おりきの料理なんだと思うと、涙が出るほど嬉しかった……」

「巳之吉が聞けば悦ぶでしょうよ。腕によりをかけて作ったそうですからね。後で、板頭に礼を言っておくといいですよ」

「はい、そう致します」

おきわが頭を下げ、帳場を出て行こうとする。

そこに、達吉が入って来た。

「雲行きが俄《にわか》に怪しくなってきやしたぜ。嵐でも来そうな気配だ」

「まっ、朝はあんなに天気が良かったのに……」

「春先はいつもこうだ。瓢簞《ひょうたん》で鯰《なまず》を押さえるみてェに、捕らえどころがねえんだからよ」

「今宵は昨夜と違い、全室予約で一杯ですからね。皆さま、無事にお着きになるとよいのですが……」

「さいですね。善助に言って、万が一、天候が崩れた場合の用意もしておきやしょう」

「ああ、そうしておくれ」

が、午後になって風が一気に勢いを増した。

当たらなくてもよいおりきたちの懸念《けねん》が現実のこととなったのである。

西からの風が、まるで野分《のわき》を想わせるように、吹き荒れた。

海は不気味な唸《うな》りを上げ、街道は吹き飛ぶ紙屑《かみくず》や看板、土埃《つちぼこり》で、目も当てられない様《さま》である。

「雨が降らねえだけでもまだましだが、この分じゃ、まずもって六尺《ろくしゃく》（駕籠《かご》舁き）たちも足留めだろうて」

「まだ一組しか到着していませんからね。中戻《なかもど》りするか、どこかの宿で待機して下さっていればよいのですが、道中だとすれば……」

おりきと達吉は顔を見合わせた。

が、そのときである。

善助が血相を変えて、帳場に飛び込んで来た。

「て、大変《てえへん》だ！　おきわは……。女将さん、おきわは……」

善助は余程挙措を失っているとみえ、あわっあわっと口を動かした。

「落着きなさい、善助！　一体、何があったというのです」

「おきわが……、いや、そうじゃねえ。おきわのおとっつァんが……」

「凡太さんが？　凡太さんがどうかしたのですか」

「海に出てったきり、まだ帰《けえ》って来ねえ！」

「海に……。まっ、この嵐の中を、漁に出たというのですか！」

善助はいいんやと首を振った。

「善助、この金太郎《きんたろう》が！　てめえ、何を言ってんだか、ちっとも解りゃしねえ。訳が立つように喋れってェのよ！」

「洲崎《すざき》の先で座礁《ざしょう》した船があってよ。もう何体か土左衛門《どざえもん》が浜に打ち上げられたが、まだ座礁した船に人が残っているらしくてよ、おきわのおとっつァんは周囲《まわり》が止めるのも聞かずに、小舟を漕《こ》ぎ出しちまった」

「えっ……」

おりきは絶句し、胸を押さえた。

この荒海に小舟を漕ぎ出すなど、狂気の沙汰《さた》といってもよい。

「それで、凡太さんは……」

「あれから一刻《いっとき》（二時間）は経つってェのに、まだ戻って来ねえって……。猟師町じゃ、今、大騒ぎだ。俺ャ、とにかく、おきわに知らせなきゃと思ってよ！」

「達吉、おきわは？」

「確か、おいねを連れて、子供部屋のほうに行ったと思うが、大方、嵐が強くなったんで、子供たちが怖がらねえよう傍についているのでしょう」

「善助、おきわは子供部屋だそうです。知らせて下さい。達吉、後は頼みましたよ。この分なら、お客さまの到着も遅れると思いますが、お見えになられたら、順次《じゅんじ》、風呂に案内して、身体を温めてもらって下さい」

おりきは達吉に指示を与えながらも、着物の裾《すそ》を帯に挟み、上から雨合羽《あまがっぱ》を羽織《はお》る。

「えっ、まさか、猟師町に行かれるおつもりではないでしょうね」

「夕刻までに、ひとまず戻って来ます」

「お止め下せえ。女将さんに万が一のことがあったら困りやす」

「万が一のことがあったのは、凡太さんですよ」

おりきは身仕度をすると、じゃ、頼んだよ、と表戸をガラリと開けた。

そこに、向かい風を縫うようにして、おきわが駆けて来る。

その後を、おいね……。

「何度言ったら解るんだい！　おまえは来るんじゃないの」

おきわがおいねを鳴り立てる。

「嫌だ！　おいねも行くぅ！　祖父《じ》っちゃんはおいねの祖父っちゃんなんだ。おいねが行ったら、祖父っちゃん、きっと帰って来てくれる！」

おいねが泣きじゃくりながら、おきわの腰に縋りつく。

「駄目だってば！　子供が行くところじゃないの」

おきわは堪らないような顔をして、おりきに救いを求めた。

「女将さん……」

その目は恐怖と不安に包まれ、おきわを一回りも老いさせたように見えた。

「おいねちゃん、女将さんの言うことを聞いてくれますよね？　おっかさんはね、現在《いま》、重大なときを迎えているの。現在《いま》だけでいいの、おっかさんを一人にしてあげてくれないかしら？　勿論、お祖父さまはおいねちゃんにとって大切な人です。だから、何かあったら、必ず知らせます。それまで、ここで大番頭さんやおきっちゃんたちと待っていてくれないかしら？」

おりきは膝を落とし、おいねの目をじっと瞠めた。

元々賢《さと》いおいねには、それでおりきやおきわの心が解ったようである。

「きっとだよ……」

おいねは拗《す》ねたように呟《つぶや》いた。

洲崎の浜は打ち上げられた漂流物や、薦《こも》を被《かぶ》せられた溺死者《できししゃ》で、目も当てられない状況であった。

まだ七ツ（午後四時）だというのに、雨雲が厚く空を覆い、焚火《たきび》や松明《たいまつ》の灯だけが頼りという有様である。

おりきは焚火の傍に茫然《ぼうぜん》と佇《たたず》むおたえを見つけ、おきわの手を引き近づいて行った。

「おっかさん！」

「おきわ……。おとっつァんが……」

おたえは重心を失ったように、蹌踉《よろ》めいた。

おりきがすっと寄って行き、その身体を支える。

「もう駄目だ。おとっつァん、もう帰って来ない……」

「おたえさん、気を確かに！　今から諦めてどうするのですか。あの凡太さんのことですもの、何があろうと、泳いででも戻って来ますよ」

「けど、あの男《ひと》、夕べは食べたけど、ここんとこ殆《ほとん》ど何も食べていなくて、身体がすっかり弱っちまってたんだ」

「そんなおとっつァんなのに、何故、行かせたのよ！　行きたいと言っても、止めればよかったじゃないか！」

おきわが甲張った声を上げる。

「止めたさ。あたしゃ、必死で止めたよ。けど、おとっつァん、沖で助けを求めている者がいるというのに、体力が落ちたからって、ここで高みの見物ってか？　てんごう言ってんじゃねえや。あの中に、おきわみてェな娘っ子がいるかもしれねえんだぞ！　おいねみてェにめんこい餓鬼《がき》が助けを求めて泣いているとしたら、それでも、おめえは放っておけと言うのかよって……。あたしの言うことなんか耳を傾けてもくれなかった」

おりきの胸に熱いものが衝《つ》き上げる。

凡太という男は、そんな男なのである。

口下手なだけに、他人《ひと》を想う心は誰よりも篤《あつ》く、言葉より行動で示そうとする、そんな男なのだろう。

助けを求めている者の中に、おきわやおいねのような娘がいたら……。

口下手な凡太にそう言わせたほど、凡太には、おきわの愛が取り戻せたことや、おいねという孫を肌で感じたことが、嬉しかったに違いない。

「それにね、おとっつァん……」

おたえはそう言うと、わっと泣き崩れた。

「どうしたの？　おとっつァんがどうしたの？」

「舟を漕ぎ出すいよいよってときに、おとっつァんが呟いたんだよ。俺ャ、もう何があっても悔いはねえ。老い先永くねえってときに、仮に、死ぬことになったとしても、他人《ひと》さまのためになれるんだ。これほど果報なことがあろうかよって……」

「…………」

おりきは、あっと、息を呑《の》んだ。

まさか、凡太は死を覚悟して……。

ふっと、そんな思いが頭を過ったが、慌てて振り払った。

風が幾分弱まったようである。

と同時に、沖から流れてくる漂流物も、ぴたりと止まった。

「女将さん、宿に帰って下さい。大丈夫です。後はあたし一人で……。申し訳ありませんが、今宵はおっかさんについていてやりたいので、旅籠を休ませてくれませんか？」

おきわが母親の肩に手を廻し、おりきを窺う。

「勿論ですとも。もう暫くわたくしもここにいたいのですが、旅籠のほうも気にかかります。では、おきわ、後は頼みましたよ。大丈夫ですよね？　おまえがしっかりしないとならないのですよ」

「はい。今宵ひと晩、おいねのことを宜しく頼みます。明日は必ず、おいねも連れて来るからと、そう伝えて下さい」

彦次を亡くしたときもそうであったが、おきわという女は、なんと芯《しん》の強い、気丈な女ごであろうか……。

おきわはきっと顔を上げ、頼みます、と目まじした。

「あれから、もう三日だ。とうとう、凡太の奴、帰《けえ》って来なかったな」

亀蔵親分が芥子粒《けしつぶ》のような目をしわしわと瞬《しばた》き、茶をぐびりと干した。

「もう駄目でやしょうか」

「当た坊よ。三日も海に漂っていて、それで生きて帰《けえ》って来たなんて化物《ばけもの》みてェな男がいたら、お目にかかりてェもんだ」

「けど、土左衛門も上がってねえんですぜ」

「ああ、どこに流されちまったか……。結句、土左衛門として上がった遺体が五つ。生きて助けられたのが三人。行方不明が六名」

「その行方不明の中に、凡太も？」

達吉の問いに、亀蔵は苦虫《にがむし》を嚙み潰《つぶ》したような顔をして、頷いた。

「だがよ、一つだけ、おきわやおたえに朗報がある。助けられた男の一人がよ、自分が助かったのは、誰だか判らねえ漁師のお陰だ、と言ってよ。ひっくり返《けえ》った小舟の腹に乗っかって、漁師が男を引き上げてくれたんだとよ。ところが、その弾みで、漁師のほうが海に落っこちてしまった。男は懸命に漁師に手を差し伸べたんだが、届かなくってよ。そんとき、漁師が叫んだのだとよ。俺ャ、泳ぎが達者だ。おめえこそ、落っこちねえように、しっかと舟に摑まってろって……。男が漁師を見たのはそれが最後で、気づくと、別の漁師の手で浜に引き上げられていたというのよ」

「えっ、それじゃ、凡太は……。ええっ、それが朗報だと？」

「朗報だろうが！　凡太は仮に他人《ひと》さまのために死ぬようなことになっても、と言い遺して、助けに行ったんだぜ。お陰で、人一人が生命《いのち》拾いをしたんだ。どうでェ、凡太は犬死にじゃなかったということだろうが！　これが朗報でなくてどうするかよ！」

「親分、その話をおきわたちは……」

おりきが訊ねる。

「ああ、伝えた。おきわは神妙な顔をして聞いてやがったが、おたえは泣いて悦んでくれたぜ」

「そうですか……」

「そりゃそうと、おきわやおいねがまだ猟師町にいるようだが、まさか、ここを辞めたというわけじゃねえだろ？」

「そういうわけではありませんのよ。おたえさんの心に区切りがつくまで、独りにしておくわけにはいきませんでしょう？　それで、暫く、猟師町にいておあげなさいと言っていますの」

「そうけえ。まっ、凡太がいなくなったんじゃ、早晩《そうばん》、お飯《まんま》の食い上げだ。おきわが働かねえわけにゃいかねえもんな」

おりきは深々と息を吐くと、明かり取りから見える中庭に目をやった。

眩《まぶ》しいほどの光が、藤棚《ふじだな》を照らしている。

木々の葉はゆるりともしない。

風もなく、春の日溜まりに、空も海もあっけらかんとしたように横たわり、三日前、数人の生命《いのち》が海に消えたことなど、嘘のようであった。

凡太は恐らくもう二度と帰って来ないだろう。

その現実がしっかとおきわ母娘《おやこ》の胸に刻み込まれたとき、おりきはおたえもここに引き取ろうと思っていた。

そうだ、予定より少し早いが、一膳《いちぜん》の跡地に蕎麦屋を出させてやろう。

現在《いま》は幾千代《いくちよ》が一膳の跡地を所有しているが、おりきにいつ何に使っても構わないと言ってくれている。

あそこに蕎麦屋を出させてやれば、おきわは彦次の夢を果たすことになり、凡太を失ったおたえは娘の仕事を手伝うことで、新たに生きる勇気が湧《わ》いてくるというものである。

「だが考えてみると、凡太って男は不器用な生き方しか出来なかったが、漁師としちゃ、良い腕を持っていやしたね」

達吉がしみじみとしたふうに言う。

「漁師としてだけではありませんわ。夫として、父として、祖父としても、立派な男《ひと》でしたわ」

「ああ、口下手で、鉄梃だったがな」

亀蔵も相槌《あいづち》を打つ。

「その海に生きた凡太がよォ、あばよっと海に帰《けえ》って行ったたってことか……」

達吉の言葉に、おりきもあっと眉《まゆ》を開いた。

そうなんだ……。

凡太さんは死んだのではなく、海に帰って行ったのだわ……。

そう思った刹那《せつな》、おりきの眼窩《がんか》を凡太の日焼けした顔がするりと過った。

目を閉じてみる。

凡太がまるで陸地を歩くかのように、海の上をすいすいと歩いて行く姿が映った。

凡太さん、安心して下さい。おきわたちのことはこのわたくしが、きっと、きっと、護ってみせますからね！

おりきは目を開けると、恰《あたか》もそこに凡太がいるかのように、ふっと微笑んだ。

白き花によせて

猟師町《りようしまち》に入ると、潮《しお》の匂《にお》いに混じって、甘酸っぱい芳香が漂《ただよ》ってきた。

おりきは我とはなしに四囲《しい》へと視線を配り、ああ、と目を細めた。

目黒川に沿った仕舞《しも》た屋の四つ目垣から、竹の隙間《すきま》を縫うようにして、山梔子《くちなし》の白い花があちこちから顔を出している。

立場茶屋《たてばぢゃや》おりきの山梔子はひと月も前に花が終わったというのに、ここはなんて遅いのだろう……。

おりきはそう思ったが、おやっと目を瞬《しばた》いた。

四つ目垣の内側には鬱蒼《うっそう》とした庭木が生《お》い茂り、やや丈の低い山梔子の背に、山法師《やまぼうし》、海桐花《とべら》、梅花空木《ばいかうつぎ》と、どれも今が盛りと白い花をつけているのだが、一見雑然《ざつぜん》としたように見えて葉の緑も花の白さもそれぞれに濃淡を成し、見ていると、つい現《うつつ》を忘れてしまいそうな幻惑的な雰囲気を醸《かも》し出している。

ここはどなたのお宅であろうか……。

おりきはそれとなく四つ目垣の奥へと視線を移した。

が、どういうわけか、枝折《しお》り戸には蔓手毬《つるてまり》の茎《くき》が絡《から》まっていて、どう見ても人が出入りしている気配が窺《うかが》えないばかりか、木《こ》の葉の奥に微《かす》かに見える仕舞た屋などいかにも廃屋同然で、軒先から垂れた蜘蛛《くも》の巣が戸口を塞《ふさ》いでいる。

だが、それに比べ、この庭はどうだろう。

一見、野放図《のほうず》のように見えて、枝と枝が重なり合わないように剪定《せんてい》した跡があるところを見ると、人の手が加わっているに違いない。

白い花の醸し出す、幻術的な庭……。

恰《あたか》も、そこには木々の精霊《せいれい》が潜《ひそ》んでいて、人の心を鷲摑《わしづか》みにして、中へ中へと誘《いざな》おうとしているようではないか……。

おりきは何かに憑《つ》かれたかのように白い花に見入っていたが、ハッと我に返ると、再び川沿いの道を歩き始めた。

そろそろ九ツ半（午後一時）であろうか。

今なら、幾千代《いくちよ》も中食《ちゅうじき》を終えた後で、お座敷に出るにはまだ暫《しばら》く余裕があるだろう。

そう思い、おりきはわざわざ今の時間帯を選び、猟師町まで出かけて来たのだった。

幾千代を訪《たず》ねるのは、久し振りのことである。

おりきは手にした前栽籠《せんざいかご》を持ち替えると、黒板塀を潜ろうとした。

するとそのとき、背後から声がかかった。

「どなたかしら？」

おりきが驚いたように振り返ると、湯屋《ゆや》からの帰りか、手桶《ておけ》を抱えた女が窺うようにして、おりきを瞠《みつ》めていた。

「おや、あなたは……」

化粧っ気のない浅黒い顔には、見覚えがあった。

おさんである。

だが、渋皮が剝《む》けたように洗練された、おさんのこの艶《つや》やかさ……。

決して、絶世とまでいかないまでも、弾《はじ》けるような瑞々《みずみず》しさに、上目遣《うわめづか》いにおりきを見る目の妖美《ようび》なこと……。

ふっと、おりきは今し方見た白い花に、おさんの姿を重ね合わせた。

「あらっ、嫌《いや》だ！　立場茶屋おりきの女将《おかみ》さんじゃありませんか！」

どうやら、おさんも思い出したようである。

「おさんちゃんですね。まあ、随分と美しくなって……。すっかり見違えてしまいましたわ。あれから二年も経《た》つのですものね」

「その節はお世話になりました」

おさんはぺこんと頭を下げた。

その仕種《しぐさ》が余りにも小娘のようで、おりきは思わず頰《ほお》を弛《ゆる》めた。

「今日は幾千代さんに少し頼み事があって訪ねて来たのですが、おさんちゃんに逢《あ》えて良かったわ。元気そうで何よりです。幾千代さんから時折あなたのことを聞いていたのですが、今日こうして久々にお逢いしてみて、ホント、やはり、おさんちゃんがこの道に進んだのは間違いではなかったのだなと確信しましたわ。どうですか？　芸事《げいごと》は進んでいますか？」

「はい。あたし、毎日が愉《たの》しくって！　あら、いけない。こんなところで立ち話なんて……。さあ、どうぞ！」

「では、幾千代さんはご在宅なのですね？」

「はい。今、奥に伝えてきます。さっ、どうぞ中に……」

おさんはそう言うと、カタカタと下駄を鳴らして、敷石を伝って行った。

「おやまっ！　立場茶屋おりきの女将が直々《じきじき》にお出ましとは……。何か用があるんだったら、ちょいと善助《ぜんすけ》か三吉《さんきち》を遣《つか》いに立ててくれれば、あちしのほうから出向いたのにさ！　けど、良く来てくれたね。さっ、お上がりよ。積もる話でもしようじゃないか。丁度、到《とう》来物《らいもの》の安倍川《あべかわ》（餅《もち》）があってさ。ささっ、早く上がんなよ」

気のせいか、幾千代は少し痩《や》せたように思えた。

が、痩身《そうしん》に仙斎茶《せんさいちゃ》と青茶《あおちゃ》の滝縞《たきじま》の単衣《ひとえ》を纏《まと》った幾千代は、いつもにも増して乙粋《おついき》である。

おりきは手土産の水菓子を小女《こおんな》のおたけに渡すと、幾千代の後から客間へと入って行った。

「もう枇杷《びわ》が出回ってるなんてさ！　流石《さすが》は、立場茶屋おりきの女将だ！　気の利《き》いたお土産じゃないか」

「今朝、巳之吉《みのきち》が仕入れて来ましてね。まだ走りですが、試しに一つ頂いてみましたら、これがしっかり甘味が乗っていましてね」

「そりゃまっ、忝茄子《かたじけなすび》！　初物を頂いたんじゃ、こりゃ、寿命がうんと延びるってもんだ！」

「幾千代さん、お久しゅうございます」

おりきは改まったように、深々と辞儀をする。

幾千代は鉄瓶《てつびん》にかけた手を慌《あわ》てて外《はず》し、おりきに応《こた》えた。

「お久し振りだなんて、改まって、なんだよ！　けど、言われてみると、そりゃそうだ。ここ半年ばかし逢わなかったっけ？　いえね、あちしもあれからいろいろとあってさ。門前町に脚《あし》を向けるどころか、お座敷にも出られなかったんだからさ……」

「えっ、では、どこかお身体《からだ》の具合でも？」

おりきが驚いたように訊《たず》ねると、幾千代はふふっと首を振り、鉄瓶の湯を急須《きゅうす》に移した。

そこに、硝子《がらす》の器《うつわ》に盛った枇杷と菓子鉢を手に、おさんが入って来る。

「おかあさんたら、姫《ひめ》がいなくなってからというもの、すっかり気落ちしちまって、ろくに食事も喉《のど》を通らないばかりか、表で猫の啼《な》き声がしようものなら、それが着替えの最中《ふ》であっても、長襦袢《ながじゅばん》一枚で外に飛び出し、姫や、姫やって……。あたし、本気で、気が狂れたんじゃなかろうかと心配したんですよ」

おさんがちらと幾千代を窺い、言いすぎたとでも思ったのか、首を竦《すく》めた。

「姫？　ああ、あの黒猫のことですね。えっ、では、誰かに連れ去られたのですか？」

おりきが驚いたように言うと、幾千代は寂《さみ》しそうに首を振った。

「あちしもそう言ったんだよ。あの子、いい様子をしていたからね。ほら、黒猫は厄を祓《はら》う、殊《こと》に、労咳除《ろうがいよ》けになるっていうだろ？　だから、きっと誰かに連れ去られたんだと言っても、この娘《こ》たちが嗤《わら》ってさ。おたけなんか、姫は御年《おんとし》十四歳だ。猫の十四歳なんて、人間でいえば、八十路《やそじ》をとっくに越している。きっと、どこかで野垂れ死にをしたんだろうって鼻でせせら笑ってさ！　おたけは元々あちしが姫を可愛《かわい》がるのが気に入らなかったのさ。腹の中ではせいせいして舌を出しているくせして、猫は死を悟《さと》ると姿を消すと言いますからね、なんて利いたふうなことを言ってさ！　だったら余計こそ、あちしの胸が痛むってもんだろ？　そりゃさ、人に寿命があるように、猫にだって寿命はあるさ。けど、猫はものが言えないからさ、今まで苦しいの痛いのって何ひとつ訴えちゃくれなかった。あちしはさ、何故《なぜ》、もっと早く、そのことに気づいてやれなかったのかと悔やまれてさ、辛《つら》くて、切《せつ》なくて……。それから、一廻《ひとまわ》り（一週間）ほど寝込んだかね。せめて、遺体でも傍《そば》にあれば、手篤《てあつ》く葬《ほうむ》ってやることも出来たのに、今頃どこかで鴉《からす》の餌食《えじき》にでもなっちゃいないかと思うと……」

幾千代は思い出したかのように、胸の間《あわい》から紅絹《もみ》を引き抜き、目頭《めがしら》を押さえた。

「まあ、そんなことがあったのですか。ちっとも知らなくて……。それでわたくしどもにもお見えにならなかったのですね」

「あちしさ、いなくなられてみて初めて、あの子の存在がこれほどまでも大きかったのかと気づいてさ。あの子は何も喋《しゃべ》っちゃくれなかったが、あちしの苦しみや哀《かな》しみを共に味わい、あたしを癒《い》やしてくれていたんだよ。その子がもういないなんて……。心の中にぽかりと穴が空いたみたいでさ……。こんなに別れが辛いのなら、もう二度と猫は飼うまいとも思った。けどさ、いつまでもぐじぐじと姫のことを考えていても、二度と戻っちゃくれない。あちしもまだくたばるわけにはいかないからね。前へと進んでいかなきゃならない。それで考えたんだよ。もう一遍《いっぺん》、姫に生まれ変わってもらい、あちしの元に来てもらおうと思ってさ！　おさん、ほら、早く連れておいでよ！」

おさんがえっと幾千代を窺う。

「今、眠っていますけど……」

「いいから、さっ、早く！」

幾千代に促《うなが》され、おさんが慌てて居間に入って行く。

幾千代は茶目っ気たっぷりに、片目を瞑《つぶ》って見せた。

「それがさ、あの子、姫のちっちゃい頃とそっくりなんだよ。あちしの願いが神仏に通じたとしか思えなくてね。間違いないね。きっと、姫が一旦《いったん》あの世に連れていかれたはいいが、自分にはまだやり残したことがあると懸命に閻魔《えんま》大王に訴えてくれてさ、再び、この世に生まれてきてくれたんだよ。ほら、来た！　姫や……。ああ、おまえはなんて可愛いんだろう！　さあ、おっかさんのところにおいで。いい子だね！」

幾千代が目尻を下げ、おさんの抱いて来た子猫を膝《ひざ》に取る。

それは生後五月ほどの黒猫であった。

「まあ、可愛らしいこと！　では、この子も姫と呼んでいるのですか？」

おりきは子猫を覗《のぞ》き込んだ。

「そりゃそうさ。前の子が生まれ変わって、この子になったんじゃないか。姫に決まってるだろ？　ふふっ、あちしがあんまし悲嘆にくれてるもんだから、井筒屋《いづつや》の消炭《けしずみ》がどこからか見つけて来てくれてさ。ここに来たときは生まれて三月《みつき》だったが、三月前といえば、うちの姫が姿を消した頃だ。どうだえ？　符帳《ふちよう》がぴたりと合うだろ？　前の子も雌《めす》だったしさ、どう考えても、生まれ変わりとしか思えない。姫や、どうちまちたか？　おや、眠いのかえ。そうかえ、そうかえ、じゃ、おっかさんの膝でお眠り」

姫は幾千代の膝で欠伸《あくび》をすると、丸くなった。

おさんがくすりと笑う。

「おかあさんが元気を取り戻してくれたので、ひと安心……。でも、この子が来たときのおたけの顔を思い出すと……。ふふっ、笑っちゃいけないと思っても、可笑《おか》しくって！」

小女のおたけは大の掃除好きで、癇性《かんしよう》なほどに家の中を磨《みが》き立てる。

そんなおたけであるから、姫がいなくなって溜飲《りゆういん》を下げたに違いないが、またもや、子猫の出現である。

恐らく、おたけの胸の中では、現在《いま》も、大風が吹いているに違いない。

「てんごう言ってんじゃないよ！　掃除好きのおたけに、またもや生き甲斐《がい》が出来たんじゃないか！　それにさ、あちしは姫がいなくちゃ生きていけないんだ。あちしはいっち猫が好きなんだよ！」

幾千代がしてやったりといったふうに、片目を瞑って見せた。

「ところで、おりきさんが自《みずか》ら出向いて来るなんて、一体、何があったのさ」

幾千代が膝の姫を愛《いと》しそうに撫《な》でながら訊ねる。

「実は、一膳《いちぜん》の跡地のことなのですが、そろそろおきわに蕎麦屋《そばや》を出させてみようかと思いまして……」

おりきがそう言うと、幾千代は仕こなし振りに、にたりと笑った。

「やっぱり、そのことかえ。そう言えば、凡太《ぼんた》は気の毒だったよねえ……。いえね、あちしも凡太にあんなことがあったと聞いただろ？　おまえさんのことだ、早晩《そうばん》、そう言ってくるのじゃなかろうかと思っていたんだよ。おきわやおっかさんを一日も早く立ち直らせるには、それしか方法がないからさ。いいよ、いつでも使いなよ」

「そう言っていただけますと、わたくしも嬉《うれ》しゅうございます。それで、借地料のことなのですが、実を申しますと、幾千代さんから一膳の跡地をわたくしどもで使わせていただいてよいと言われましたときから、いつか、あそこに彦次《ひこじ》さんの夢だった蕎麦屋をおきわに出させてやりたいと思っていたのですが、予定ではもう少し先、せめて、来年にでもと思っていましたの。茶屋を再建して、ほぼ一年。お陰様で見世《みせ》のほうも軌道に乗り、この分なら、当初思っていましたよりも随分と早く、茶屋再建で生《しょう》じた借財《しゃくざい》が皆《みな》になりそうなのですが、蕎麦屋を出すとなりますと、大した普請《ふしん》でないにしても、新たに金子《きんす》を用立てなければなりません。それで、虫の良い話で恐縮なのですが、幾千代さんにお払いする借地料を、今暫く待っていただくことが出来ないものかと、こうしてお願いに上がりましたの。いえ、手前勝手《てまえがって》は重々承知のうえですが、せめて、半年……」

「莫迦《ばか》なことをお言いじゃないよ！」

　幾千代の鋭い声が飛んだ。

「あちしを見くびらないでおくれでないか！　先《せん》にも言ったと思うが、あちしは一膳の跡地を自分のものにしようなんて微塵《みじん》も思っちゃいないんだ。あそこは、おまえさんが買ったも同然なんだよ。あちしは茶屋再建で何かと物入りだったおまえさんに代わって、組合に金を払っただけなんだからね！　何が借地料だよ！　借地料ってのはね、地べたを借りるために払う金だ。てめえの地べたに金を払う抜作《ぬけさく》がどこにいようかよ！　あちしはさァ、とっくの昔に、あの土地はおまえさんにくれてやったと思ってるんだ。だが、おまえさんがそれじゃ気詰まりだ、心苦しいと思うだろうから、これから先、何年かかったって構わないから、あちしから買い取ればいいと言ったんだ。忘れちまったのかえ？　あちしはねえ、おまえさんには迷惑かもしれないが、一心同体のつもりなんだよ。だから、おまえさんがおきわに見世を持たせたいと思えば、あちしだってそれが実現するよう願うし、嬉しくて堪《たま》らない……。違うかえ?」

「いえ……。身に余るほど、有難《ありがた》いお言葉です。申し訳ありません。では、お言葉に甘えて、一膳の跡地を使わせていただきます」

おりきは感涙《かんるい》に噎《むせ》び、目頭をそっと押さえた。

「ご免よ。少し言い方がきつかったかね。けどさ、あちしがこれほどまでに思っているのに、おまえさんにはまだ解《わか》らないのかと思ってさ」

「いえ、解っているのです。解っているのですが、幾千代さんや亀蔵《かめぞう》親分、近江屋《おうみや》さんから、これまでも過分《かぶん》なまでの厚意を受け、わたくしはいつも甘えてばかりにございます」

「甘えていいのさ。大いに甘えなよ。おりきさん、あちしはさ、立場茶屋おりきの女将に惚《ほ》れてるんだ。おまえさんが身を挺《てい》して茶屋を護《まも》り、使用人の一人一人を護ろうとする姿に打たれてさ……。あちしは海千山千《うみせんやません》の遊里《ゆうり》に身を置き、これまでも金離《かねばな》れの良さが男の甲斐性《かいしょう》と思う俗物《ぞくぶつ》や、得意満面に札びらを切る馬鹿者《ばかもの》を何人も見てきた。そんないけず男を相手に大尽《だいじん》貸しもやってきたさ。だからこそ、てめえのためじゃなく、他人《ひと》のためにと粉骨砕身するおまえさんを見ると、せめて、その骨のひと欠片《かけら》にでもなれたらと思ってさ! 亀蔵親分だって近江屋だって、皆、そんなふうに思ってんだよ。じゃ、明日にでも、跡地の所有権が変わったと、近江屋に伝えておくよ。それでいいね?」

「そのことなのですが、おきわの名前にするわけにはいかないでしょうか」

「おきわに?」

「無論、跡地譲渡はわたくしと幾千代さんの問題であり、今後も、わたくしの目の黒いうちは、普請から運営まで、責任を持って助けてやるつもりです。けれども、立場茶屋おりきが三代目になったときや、蕎麦屋がおきわの手から離れたときのことも考えなければなりません。いつ何時《なんどき》、揉《も》め事が起きないとも限りませんもの……。ですから、そのときのためにも、表面上、立場茶屋と蕎麦屋は切り離しておいたほうがよいのではないかと思いますの」

「成程《なるほど》ね。言われてみれば、そりゃそうだ。あちしにしてもおりきさんにしても、いつまでも生きているわけじゃないからね。で、やはり、茶屋の三代目はおきちかえ？」

「いえ、まだ決めたわけではありませんのよ。そうなればよいのにと思っていますし、そろそろおきちに女将《おかみ》修業を始めさせなければとも思っていますが、これはかりは、まだしかと先が見えてきません」

「アッハッハ！　おまえさんが誰かさんと所帯を持って、これから先、子が出来たりしてさ！」

「えっ、誰かさんとは……」

「決まってるじゃないか、巳之吉さ！」

「巳之吉……。まさか……」

おりきは狼狽《うろた》えた。

「おや、紅《あか》くなったよ！　どうだえ、図星《ずぼし》だろ？　おまえさんはどうか知らないが、巳之吉のほうは本気だよ」

「幾千代さん！　おからかいになってはいけませんわ。そんなことがあるわけがありません」

「じゃ、まだ、鬼一郎《きいちろう》ってお侍を待っているのかい？」

「そんな……。鬼一郎さま、いえ、馬越右近介《まごしうこんのすけ》さまはもう二度と戻っては来られないでしょう」

「へえ、馬越というのかえ、あのお侍……。けど、あちしはそれ以上は聞かないよ。あの男に何があったか知らないが、節分の日、風のように現われ、再び風のように去って行った如月《きさらぎ》鬼一郎……。それでいいじゃないか。所詮《しょせん》、我々とは住む世界が違うんだからさ」

「ええ。本当にそう思いますわ」

おりきは久々に鬼一郎の名を耳にしても、不思議と動揺しない自分に驚いていた。

鬼一郎さまとのことは、夢のまた夢……。

淡くて儚《はかな》い夢が見られたのだもの、それを幸せと思わないでどうしよう……。

「解ったよ。おまえさんの言うとおりだ。後々《あとあと》に悔恨を遺《のこ》さないためにも、おきわの名前にしておこうね。これから先、おきわが所帯を持ちたいと思う男が現われるかもしれないし、義娘《むすめ》のおいねだって、蕎麦屋を継ぐとは限らないもんね。けどさ、おまえさんの欲がないのにはつくづく呆《あき》れ返るひっくり返るだ！　だってそうだろう？　おきわに見世を持たせてやり、今後の運営まで面倒を見るってェのに、そのうえ、惜しげもなく、見世の権利までポイとくれてやるんだもの。切れ離れがよいというか、おまえさんは男顔負けの女《じょ》丈夫《じょうふ》だよ！」

「あら、幾千代さんには敵《かな》いませんわ」

おりきと幾千代は顔を見合わせ、肩を竦めた。


「話は変わりますが、ここに参りますす途中で目に留《と》まったのですが、目黒川から海べりの道に出る、角の仕舞た屋……。ほら、山梔子、山法師といった白い花が表庭一面に植わっている家がありますでしょう？　あそこにはどなたがお住まいなのでしょう」

おりきは枇杷を口に含み、旨《うま》いね、やっぱ、と相好《そうごう》を崩す幾千代に訊ねた。

「ああ、魍魎荘《もうりようそう》のことかえ」

「魍魎荘というのですか……。えっ、では、お化け屋敷？」

おりきが驚いたように目を瞠《みは》ると、幾千代は硝子の器に種を吐き出し、ふふっと肩を揺らした。

「まさか！　いえね、先には日本橋人形町の海産物問屋巴屋《ともえや》の手懸《てか》けが住んでいたんだけどさ、五年ほど前にくたばっちまったから、確か、現在《いま》は空家《あきや》だよ」

「空家ですか……。そう、それはそうですよね。確かに、家は荒れ果てていて、人が住んでいる気配は窺えませんでした。けれども、庭が見事で……。一見、無造作《むぞうさ》に見えて、木々に人の手が加わった形跡が見えました。それで、どなたかが管理なさっているのかと思いまして……」

「管理？　まさか……。あそこを管理する者がいたら、それこそ、お絹《きぬ》もあんな不憫《ふびん》な末路は迎えなかっただろうさ。いえね、お絹っていう女が住んでいたんだけどさ、気の毒な女でさァ。水気《みずけ》のあるうちは、あれでも新吉原で芙蓉太夫《ふようたゆう》と名乗り、御職《おしょく》を張っていたこともあるんだが、巴屋の若旦那に落籍《ひか》されてね。あそこに妾宅《しょうたく》を構えたところまではよかったんだが、若旦那ってェのが先妻の子でさ。大旦那が亡くなった途端、元々反《そ》りの合わなかった義理のおっかさんと交戦状態になっちまってさ。大旦那と義理のおっかさんとの間には若旦那と三つ違いの異母弟《おとうと》がいたからさ。おっかさんにしてみれば、跡目を実の息子にとでも思ったんだろうさ。連日のように、猟師町に囲《かこ》ったお絹と手を切れ、それが出来ないようなら、巴屋の身代は譲れないと迫ったそうだ。若旦那にそんなことが出来るわけがない。惚れて惚れて惚れぬいて、生きるの死ぬのと大騒ぎをした末に結ばれた仲だったからね。あるとき、いつものようにお絹のことで揉めている最中《さなか》のことだ。若旦那が腹立ち紛《まぎ》れにおっかさんに手を上げたところが、悪いことに、避《さ》けようとして蹌踉《よろ》めいたおっかさんが長火鉢の角に眉間《みけん》を強《したた》かに打ちつけちまってさ。それが原因《もと》で、おっかさんは生命《いのち》を落としちまった。そうなると、異母弟や大番頭が黙っていなくてさ。内々のこととして死因を隠す手もあったんだろうが、過失ではあるが……、と公《おおやけ》にしちまったんだよ。

可哀相《かわいそう》に、若旦那は八丈《はちじょう》に島送り……。まっ、死罪にならなかっただけでもよしとしなきゃならないのだろうけど、最愛の男を奪われたお絹はそれこそ半狂乱になってさ……。そりゃそうだろう？　自分が原因《もと》で若旦那が島送りになっちまったんだからさ。以来、お絹はあの仕舞た屋で、若旦那が御赦免《ごしゃめん》になる日をひたすら待つ身となったってわけさ」

　幾千代は深々と息を吐《つ》くと、また、膝の姫を愛しそうに撫でた。

「あちしにはお絹の想《おも》いが手に取るように解るよ。後悔なんて生半可《なまはんか》なもんじゃない。あちしも自分が原因で、半蔵《はんぞう》って男を死罪に追いやっちまったからね。あちしまで背中に磔柱《はりつけばしら》を背負ったみたいでさ……。お絹だってそうさ。若旦那と一緒に自分も刑を受けるつもりで、御赦免になる日まで、あそこで質朴《しつぼく》に生きていこうとしたんだよ。お絹ってね、芙蓉太夫と呼ばれた頃は、その名の通り、芙蓉の花を想わせるほど楚々《そそ》とした美印《びじるし》だったそうでよ……。あちしはお絹がここに来てからしか知らないので、素綺羅《そきら》で化粧っ気のない姿しか目に浮かばないが、それでも、ハッと人目を惹《ひ》く華のある女だったね。そんなお絹だから、その気になれば、再び遊里に身を置くことも出来ただろうに、お絹はそうはしなかった。海とんぼ（漁師）の女房に混じって、海苔《のり》や若布《わかめ》を捕《と》ってさ、白魚《しらうお》のようだった指が紅く腫《は》れ上がっちまって、痛ましかったよ」

「巴屋の援助はなかったのですか？」

「あるもんか！　異母弟が身代を継いでからは、猟師町の仕舞た屋はくれてやるが、今後一切、巴屋とは縁切りだと三行半《みくだりはん》さ」

「まあ、それではお絹さんも辛かったでしょうに……」

「お絹は辛さを味わうことで、若旦那に許しを請《こ》おうとしたんだよ。若旦那が好きだった白い花を庭に植えてさ。梅花空木が終わったら、夏椿《なつつばき》だ。おまえさん、足許《あしもと》のほうはよく見なかったのだろうが、鷺草《さぎそう》、唐松草《からまつそう》といった可愛らしい花もあるんだよ。秋になれば、梅鉢草《うめばちそう》に白玉椿《しらたまつばき》、侘助《わびすけ》とね……。まるで、品川の海から八丈島までお絹の想いを伝えようとしているみたいでさ。けどさ、人の世はなんて無常《むじょう》だろう……。お絹がそんなふうにして待ったところで、若旦那は二度と戻って来られないことになっちまった……」

「えっ……」

おりきは息を呑《の》んだ。

鳩尾《みぞおち》の辺《あた》りが激しく揺れた。

聞かなくても、その先は……。

幾千代は太息《ふといき》を吐くと、続けた。

「若旦那が島送りになって、五年目のことだ。流人《るにん》の間で騒動が起きてね。止《と》めに入った若旦那が生命《いのち》を落としちまった……」

ああ、やはり……。おりきは目を閉じた。

「だが、お絹は信じようとしなかった。そんなはずはない。自分さえ待っていれば、きっと、若旦那は御赦免になって戻って来る……。お絹は頑《かたく》なにそう思い込み、他人《ひと》の言うことには一切耳を傾けようとしなかった。来る日も来る日も海に出て、若布や海苔を捕っては、その日暮らしの糊口《ここう》を凌《しの》ぎ、五年前、朽《く》ち木がぽろりと折れるように、椿の散る庭で果てていた……。まだ四十路半《よそじなか》ばというのに、まるで老女のように窶《やつ》れ果て、草束《くさたば》ねにした髪は真っ白。腕なんて、小枝かと思うほど細かったというからさ……」

おりきはウッと懐紙で鼻を押さえた。

お絹には愛しい男が二度と戻って来ないと解っていたのだ……。

解っていたからこそ、一日も早く愛しい男の元に行こうと、自らを律し、痛めつけていたに違いない。

愛しい男の元に行くために、自裁よりももっと厳しい、自らを律し、酷使する手段のほうを選んだお絹……。

それほどまで、お絹の若旦那への想いは崇高なものであり、これもまた、愛を貫《つらぬ》く一つの形であったのだ。

「あれ以来、あの家は廃屋さ……。けど、不思議なことに、毎年、白い花が見事に花をつけてね。それで、誰が言い出すともなく、魍魎荘と呼ぶようになったんだよ」

幾千代がしみじみとしたふうに言ったときである。

それまで黙って耳を傾けていたおさんが、突然口を開いた。

「あら、あそこ、人がいますよ」

「人がいるって、どこにさ」

「だから、魍魎荘ですよ。あたし、女の人が庭木を弄《いじ》っているのを見ましたよ」

「女の人？　何を言ってるんだろうね、この娘《こ》は……。いるわけがないじゃないか！　第一、枝折り戸には蔓が絡まっていて、人が出入りした形跡がないんだから！」

幾千代が甲張《かんば》った声を上げる。

「ええ、確かに、人が出入り出来る状態ではありませんでしたわ」

おりきも言う。

「けど、あたし、ちゃんと見たんだもの！　三十路《みそじ》前の綺麗《きれい》な女《ひと》だった。髷《まげ》を先笄《さきこうがい》に結ってさ、遠目には殆《ほとん》ど白に見えたけど、鮫小紋《さめこもん》を纏《まと》っていたわ。逢《お》う魔時《まがとき》なら目の錯覚《さっかく》とも言えるけど、あたしが見たのは真っ昼間だよ？　錯覚なんかじゃないわ！」

おさんがムキになって言う。

「三十路前の綺麗な女？　おさん、それはいつのことだい」

「さあ、五日ほど前だったかしら？　その女《ひと》、空木の葉に鋏《はさみ》を入れてたけど、きっと、陽《ひ》当《あ》たりを良くしようと、余分の葉を落としていたんだわ」

幾千代がおりきの顔を窺った。

「おりきさん、どう思う？」

おりきも躊躇《ためら》いながら幾千代を見返す。

どうやら、幾千代の想いも同じのようである。

お絹の魂《たましい》が現在《いま》もあの庭を彷徨《さまよ》い、白い花を咲かせ続けているのではなかろうか……。

おりきは黙って頷《うなず》いた。

「やはり、おまえさんもそう思うかえ？」

「嫌だァ！　二人ともどうしちゃったんですか？　ええっ……、じゃ、あたしが見たというのは、お絹さん？　まさか……。だって、あの女《ひと》、五年も前に死んじまったんでしょう？　しかも、お絹さんが亡くなったのは四十路半ば……。あたしが見たのは、どう見たって、三十路前の美しい女ですよ」

おさんは色を失い、唇をぶるぶると顫《ふる》わせた。

「きっと、若旦那が島送りになった直後のお絹だよ。お絹は未《いま》だにあの頃の姿で、いや、心のままで、あの庭を護ろうとしているんだよ」

「わたくしも日頃は迷信や怪談話の類《たぐい》は信じないようにしていますが、この度《たび》だけはどこかしらそんな気がします。おさんちゃんが見たというのは、お絹さんの化身《けしん》か、白い花の化身……。実は、わたくしもあの庭の前に立ったとき、何かに幻惑《げんわく》されたかのように、心が惹きつけられました。まるで、精霊が潜んでいるかのようで、不思議な感覚に陥《おちい》ったのですよ」

おりきがそう言うと、おさんは大仰《おおぎょう》に身体を顫わせた。

「嫌だ！　あたし、おっかなくって、あの庭の前はもう通れない！」

「てんごう言ってんじゃないよ！　おさん、おまえは死んだ姉さんの恨みを晴らそうと、産女《うぶめ》に化けて他人《ひと》を脅《おど》した女《おな》ごだよ。産女に化けようって女ごがこんなことに怖《こわ》がってどうすんのさ！　それに、おまえの見た女がお絹の化身だとしてもさ、おまえみたいに他人《ひと》を脅そうとしているわけじゃないんだ。庭木を護っているだけなんだからさ。立派じゃないか。ああ……、それにしても、お絹さん、おさんみたいな娘の前に現われるのなら、何故、あちしの前に出てくれない！　あちしの前に出てくれたなら、おまえに謝らなきゃならないことがあるんだよ……。おまえが生きているうちに、何故もっと腹を割って話さなかったのか、見て見ぬ振りをしちまったあちしをどうか許しておくれ、済まなかったねってさ……」

　幾千代が芝居がかった口調《くちょう》で言うと、姫が驚いたようにミャアとひと声啼いて、ぴょんと膝から飛び下りた。

　幾千代に暇《いとま》を告げ、おりきは再び川べりの道を歩いて行った。帰りしな、おさんが嬉しい報告をしてくれたのが、白い花の事訳《ことわけ》に些《いささ》か気が滅入《めい》りかけていたおりきを、ほっと心和《こころやわ》らぐ現《うつつ》の世界へと引き戻してくれたのだった。七夕《たなばた》の宵《よい》から、おさんが半玉《はんぎょく》としてお座敷に上がることになったという。

「まだ少し早いかと思ったが、おさんはこの道に入ったのが遅かったからね。ぼやぼやしているとすぐに薹《とう》が立っちまう。まっ、今一《いまいち》だった踊りのほうもなんとか恰好《かっこう》がついたからさ」

そう言ったときの幾千代の目は、巣立《すだち》を見守る母鳥そのものの目であった。嬉しさの中に、不安と期待を込めた目……。

それは、幾千代が黒猫の姫を見る欲得抜きの目とはまた違い、師匠の目といってもよいだろう。

「おかあさんから幾松《いくまつ》と幾富士《いくふじ》のどちらの源氏名《げんじな》がいいかと訊《き》かれたんだけど、あたし、幾萬《いくまん》がいいと言ったんですよ。だって、おかあさんの幾千代は幾千年も栄《さかえ》よという意味でしょ？　だったら、あたしは萬年《まんねん》も栄えたいと思ってさ！　そしたら、幾萬じゃ響《ひび》きが悪いって……。そうかしら？　あたしはいいと思うんだけど……。それで、富士は日本一《ひのもといち》の山なんだからと思って、幾富士に決めました」

おさんは茶目っ気たっぷりに、くりくりと目を動かした。

「莫迦なんだよ、この娘《こ》は！　あちしに張り合ってもしょうがないってのにさ！」

幾千代は呆れたように、おりきに目まじして見せた。

それにしても、おさんという娘は大した度胸である。

幾千代の更に上を行きたいから、幾萬とは……。

が、そこが色街《いろまち》をまだよく知らない、おさんの無邪気さともいえ、弁《わきま》え知らずともいえるのであろう。

「まあ、おさんちゃん、いえ、これからは幾富士さんと呼ばなくてはなりませんわね。それにしても、良かったこと！　では、近いうちに立場茶屋おりきでも祝いの席を設《もう》けなければなりませんわね」

「なに、一本になるわけじゃないんだ。いいんだよ、そんなこと……」

幾千代が恐縮したように謝《しゃ》すると、おさんは不満そうにぷっと頬を膨《ふく》らませた。

「あら、そう言っていただけるほどの席ではありませんのよ。身内だけでささやかな祝膳《いわいぜん》を囲みましょうよ。亀蔵親分もきっと悦《よろこ》んで下さいますわ」

「わっ、嬉しい！　あたし、誰かに祝ってもらうなんて初めてだ！　愉しみだな」

おさんは小娘のように目を輝かせ、パチパチと喝采《かっさい》した。

そんな充足した想いで、おりきは幾千代の家を辞したのである。

おさんが幾富士と名を変え、半玉に……。

そして、おきわは立場茶屋おりきの旅籠《はたご》から自立して、蕎麦屋の女主人《おんなあるじ》として見世を構えることになるのである。

各々《おのおの》が親鳥の元から巣立つ、夏隣《なつどなり》……。

そうだわ、蕎麦屋にも名前をつけなきゃ……。

それより何より、普請に幾らかかるのか急いで見積もりを立て、蕎麦打ち職人やお運びの小女の手配もしなくては……。

牛頭天王社《ごずてんのうしゃ》の河童祭《かっぱまつり》は終わったが、茶屋は連日富士詣《ふじもうで》や大山詣《おおやまもうで》の客で席の暖まる暇《ひま》もない。しかも、旅籠は予約客で数ヶ月先まで満室である。

その隙間《すきま》を縫《ぬ》って、新たに蕎麦屋を出そうというのであるから、ぼやぼやしている余裕《ゆとり》はない。

　さあ、忙しくなるわ……。

　おりきは何かに急《せ》かされたように、脚を速めた。

　だが、魍魎荘に差しかかったときである。

　無意識のうちに速度が弛まり、おりきは枝折り戸の前で立ち止まった。

　七ッ（午後四時）近くになり、陽は幾分西に傾いている。

　海から吹き上げる潮風《しおかぜ》に呑まれ、現在《いま》はもう、山梔子の匂いはしない。

　が、西陽を受け、山法師や梅花空木は眩《まぶ》しいばかりに白く輝いていた。

　葉の緑が濃いだけに、その中に、ぽつぽつと浮いたように見える白い花……。

　まさに幻想へと誘う、そんな庭である。

　するとそのとき、海から幾分強い風が吹き上げてきた。

　おりきは咄嗟《とっさ》に捲《めく》れそうになった上布《じょうふ》の褄《つま》を押さえ、あっと目を瞬いた。

　目の前で、木々が一斉《いっせい》に顫え、白い花が右に左に、斜めに下にと、優雅な舞いを見せたのである。

　それはまるで艶冶《えんや》な手弱女《たおやめ》がくの字なりになり、じなついたかのように見えた。

　が、それはほんの一瞬のことであり、一陣の風が去ると木々は再び居住まいを正した。

　お絹さま……。

　おりきは口の中で呟《つぶや》いた。

無性《むしょう》に、お絹を羨《うらや》ましく思った。

自分はこれほどまでに誰かに愛を捧《ささ》げたであろうか……。

仏門に入らず、俗世で自分を律することで、愛を貫こうとしたお絹……。

ふと、藤田竜也《ふじたたつや》が、如月鬼一郎が脳裡《のうり》を過《よぎ》った。

だが、哀しいかな、現在《いま》はもう、その姿さえ虚《うつ》ろで、彼らに抱《いだ》いた淡い想いと喪失感しか残っていない。

結句、自分はひとりの女として、未だ燃焼し尽くしていないのだ……。

おりきはふふっと片頬《かたほお》で嗤った。

おかっしゃい！　おまえさんには立場茶屋おりきがあるだろう？

きっと、幾千代なら、そう言うに違いない。

そうなのだ……。

後ろを見たって仕方がない。

分々《ぶんぶん》に風は吹く。だったら、前を向いて歩くだけ……。

おりきは深呼吸をすると、再び、歩き始めた。

「そうけえ。おきわに蕎麦屋をな……」

亀蔵親分は継煙管《つぎきせる》に甲州《こうしゅう》（煙草《たばこ》）を詰めると、上目遣いにおりきを見た。

「それで、親分から高輪《たかなわ》の棟梁《とうりょう》にお願いしていただけないかと思いまして……」

「おう、承知之助《しょうちのすけ》！　けど、茶屋のときみてェに大《てえ》した普請でなくていいんだろ？」

「ええ、それはそうなのですが、出来れば、おきわがいずれ所帯を持っても構わないように、二階に三部屋作ってほしいのです」

「三部屋？　おきわ夫婦においね、おきわのおっかさんの部屋か？　おいおい、そりゃ贅《ぜい》沢《たく》というもんじゃねえかと言いてェところだが、部屋数はあるに超《こ》したことはねえからよ。余ったら、使用人部屋に使ってもいいんだからよ。うちもよ、今頃になって、二階にもっと部屋を作っておくんだったと後悔してよ。そのうち、こうめが所帯を持ってみな？　なんせ三部屋しかねえもんだから、現在《いま》は俺とこうめ、おさわが一部屋ずつ使い、みずきがこうめとおさわの間を往《い》ったり来たりしているって按配《あんばい》だがよ、余所者《よそもの》が入《へえ》ってみな？　息苦《いきぐる》しくて敵わねえや」

亀蔵は煙草の煙を長々と吐くと、灰吹きに雁首《がんくび》をバシンと叩《たた》きつけた。

「余所者だなんて、こうめちゃんの旦那さまでしょうに」

おりきは亀蔵を目で制した。

「では、決まったのですか？」

「何が……」

「こうめちゃんの縁談ですよ」

「こうめの縁談？　決まるもんか、そんなもん！　こうめの奴、縁談が来る端《はし》から断りやがって……。ヘン、何様のつもりだっつゥのよ。こうめも二十六、いや、七か？　いずれにしたって、そろそろいかず後家《ごけ》になろうってェ歳《とし》で、おまけに、みずきという瘤《こぶ》つきだというのによ。それでもまだ、ご面相がいいなら話は別だが、月並《つきなみ》なお亀《かめ》のくせしてよ！　持参金をつけてでも貰ってくれと頭を下げてもいいところを、あの態度はなんでェ！」

　亀蔵が芥子粒《けしつぶ》のような目を、ムッと剝《む》いてみせる。

「それでも、縁談があるのですもの、こうめちゃんも捨てたものではありませんわ」

「それよ！　実はよ、この前《めえ》来た縁談ってェのが、二本榎《にほんえのき》の硯師《すずりし》でよ。四十六歳と幾分歳を食っちゃいるが、硯師として良い腕をしていてよ。おまけに初婚だとよ。ところがよ、こうめの奴、四十六歳まで独り身というのが気に入らない。きっと、何か理由《わけ》があるはずだとかなんとか利いたふうな理屈を並べやがってよ。何が理由かよ！　単に、縁がなかったというだけの話でェ！　硯師ってェのは、あれでなかなか根《こん》のいる仕事でよ。いい硯《おり》を作ろうと懸命になっているうちに、気づくと四十路を越えていたというだけの話だ。俺ァ、仲人《なこうど》から話を聞いて、気になったものだから参造《さんぞう》という男を訪ねてみたんだが、これがなかなか実直ないい男でよ。みずきのことを打ち明けたんだが、自分はもういい歳だ。これから所帯を持ったとしても、子供に恵まれるかどうか分からねえ。が、かみさんを貰うと同時に子供も出来るとは、これほど目出度《めでて》ェことはありやせん、と嬉しいことを言ってくれてよ。なっ、いい話だと思わねえか？　二本榎なら大《てえ》して遠くはねえし、みずきも車町《くるまちょう》と往ったり来たり出来るってもんだ。おりきさん、どう思う？」

「さあ、新しいお茶が入りましたことよ。そうですわね、わたくしも良い話だと思います。けれども、何故、こうめちゃんは気に入らないのでしょう。参造さんと逢ったうえで、断りたいと言っているのですか？」

亀蔵はヘンと鼻の頭に皺《しわ》を寄せた。

「逢うどころか、洟《はな》も引っかけちゃくれねえ。自分が嫁《とつ》いで行ったら八文屋《はちもんや》はどうなるのか、その男は婿に来るわけじゃないだろうとかなんとか言ってよ……。そりゃまあそうなんだが、八文屋はおさわがやれば済むことでよ。今までだって、こうめの奴、おさわに何もかもを委《まか》せっきりだったんだからよ。ところがよ、女ごの気持ってェのは、解らねえもんだぜ。こうめの奴、自分が嫁に出て、俺とおさわが二人きりになるのが気に入らないらしいのよ。ほざくなっつゥのよ！　俺とおさわが二人きりになったところで、一体《いってえ》何が起きるってェのよ。止《よ》してくれや！　いい歳こいた爺《じじい》と婆《ばばあ》だぜ？　二人きりになったところで、せいぜい茶を飲んで、あそこが痛《いて》ェの、ここが痛ェのと言い合うだけだというのによ」

亀蔵は苦々しそうにそう言ったが、おりきには思い当たることがあった。

こうめが通新町《とおりしんまち》の漬物屋《つけものや》の入り婿伸介《しんすけ》の子を身籠《みごも》ったときのことである。

当時、こうめには亀蔵の勧める縁談があった。

ところが、こうめはこの度同様、頑として、首を縦に振ろうとしなかったのである。

そこで不審に思った亀蔵は、こうめを問い質《ただ》した。

だが、判《わか》ったことはこうめのお腹に赤ん坊がいるということだけで、では相手が誰なのかと訊ねても、こうめは貝のように口を閉じてしまい、それ以上は何一つ判明しなかった。

こうなると、亀蔵はおてちんである。

こうめは亀蔵の亡くなった女房おあきの妹で、亀蔵とは血の繋《つな》がりがない。

それで、おりきが代わって事情を聞くことになったのであるが、あのとき、こうめはおりきの前で筒一杯《つついっぱい》の虚勢を張り、肝精《きもせい》を焼いて見せたのだった。

茶請《ちゃう》けに出されたべったら漬《づ》けを褒《ほ》め、こうめが漬けたのかと訊ねると、こうめは、漬物にまで手が廻《まわ》らないと言い、そう言えば、女将さんのお作りになる料理はなんでも美味《おい》しいんですってね、義兄《にい》さんが褒めていました、と妙に口に棘《とげ》のある言い方をした。

おりきはこうめの口舌《くぜつ》に戸惑《とまど》い、旅籠の料理は全《すべ》て板前が作るのだと答えたのであるが、こうめは更に畳《たた》みかけてきた。

「でも、だったら、なんで義兄さんはあたしの作ったものを食べてくれないのでしょう。食事の仕度をして待っていても、いつも、もう食ったと言って、家に帰るとすぐに蒲団《ふとん》に潜《もぐ》り込んでしまいます。ろくに話もしてくれないんですよ。やっぱり、あたしじゃ姉ちゃんの代わりにならないのかと、あたし、僻《ひが》んじゃって……。きっと、義兄さんはあたしのことが嫌いなんだ。本当は、引き取りたくなかったんだ、そんなふうに思っていました」

おりきは慌てて否定した。

「あら、それは違いますよ。親分はね、こうめさんのことを案じていなさるのよ。だから、身の回りの世話までさせてはならないと気を遣っていらっしゃるのではないかしら？」

だが、こうめはきっとおりきを睨《にら》みつけた。

「義兄さんには好きな女《ひと》がいるんです。あたし、それが誰だかも知っています。義兄さんはその女に義理を立てるつもりで、あたしを寄せつけないんです！」

「でも、もういいんです。あたしにも好きな男《ひと》が出来たんだから！」

こうめはそう言い、伸介のことを話し始めたのだった。

だが、おりきにはこうめが義理の兄である亀蔵を慕《した》っていると、痛いほどに伝わってきた。

そして、こうめの言った義兄さんの好きな女《ひと》とは、立場茶屋おりきの女将、つまり、自分であると……。

思うに、こうめはその悶々《もんもん》としたやり切れなさを払おうとして、敢《あ》えて、妻子持ちの伸介へと走ったように思えてならない。

こうめという娘は、愛されるより愛することのほうを選ぶ女……。

言い換えれば、相手から望まれた、申し分ないほどに温々《ぬくぬく》とした受け身の愛よりも、たとえそれが茨道《いばらみち》と分かっていても、相手に尽くすことに愛を見出《みいだ》そうとする女……。

だからこそ、伸介の灰撒《はいま》くような嘘《うそ》にころりと騙《だま》され（いや、騙された振りをしていたのかもしれないが）、わざわざ茨道を歩もうとしたのである。

そのこうめが、またもや良縁を断り、その理由として、亀蔵とおさわの関係を挙げようとしているとは……。

　こうめは亀蔵とおさわがそんな関係でないと、誰よりもよく知っているはずである。

　おりきの胸につと嫌な予感が走った。

「こうめちゃん、誰か好きな男《ひと》が出来たのではないかしら？」

　亀蔵は口に運びかけた湯呑《ゆのみ》を、慌てて戻した。

「驚かすんじゃねえや！　まさか……。ええっ！　まさかだよな？」

「心当たりはありませんか？」

「と言われてもよ……。そう言ャ、おさわが小石川から戻って来てからというもの、みずきの世話ばかりか見世までおさわに委せっきりで、なんのかんのと出歩いちゃいるようだがよ。けど、男の気配となると……。それに、どう見たって、腹に子がいるふうにも見えねえしよ」

「親分！　莫迦なことを言わないで下さい。お腹に子供だなんて……」

「けど、あいつァ、前科があるからよ。俺《おり》ャ、いつ何があろうと、もう驚きゃしねえ」

「驚かないといっても、仮にも、そのようなことになったら困るでしょうに……。なんでも構いません。この中《じゅう》、こうめちゃんや八文屋に何か変わったことはありませんか？」

「変わったこと……、変わったこと……。はて……。おっ、そう言ャ、賄《まかな》いのおきんが辞めてよ。三月《みつき》ほど前《めえ》に、見習の鉄平《てっぺい》という男が入《へえ》ったんだがよ。これがどうしようもねえすかたんで、歩行新宿《かちしんじゅく》の山吹亭《やまぶきてい》で追廻《おいまわし》をやっていたというから、少しは使いものになるかと思ったら、とんだ愚図郎兵衛《ぐずろべえ》でよ。あいつァ、頭の螺子《ねじ》が弛んでらァ！　やることなすことどん臭ェうえに、左手の小指が欠けててよ。俺ャ、初めて見たときにゃ、びっくらこいたぜ。渡世人《とせいにん》崩れか、ごろん坊としか思えなくってよ。ところが、呆れ蛙《かえる》に小便《しょんべん》たァ、このことでェ！　大根を切っていて、なんのこたァねえ、てめえの指を切ったというのよ。通常、切るとしたら、人差し指だろうが？　それが小指を切り落としたというのだから、どんな間抜けな切り方をしたんだか……。まっ、そんな男だが、おさわもこうめも妙に同情しちまってよ。うちから暇を出されたんじゃ、他に雇《やと》ってくれるところはねえだろうってさ……。しょうがねえから置いてやっちゃいるが、早晩、あの男にはどこか適当な奉公先を見っけてやり、とっとと出て行ってもらおうと思ってよ」

　おりきは亀蔵の話を聞きながら、又市《またいち》を思い出していた。

　茶屋の追廻をしていた又市が二十一歳の生涯を閉じたのは、一年前のことである。

　又市も決して器用なほうではなかった。

が、それでも立場茶屋おりきにいる頃は、周囲《まわり》が誰彼《だれかれ》となく不足を補《おぎな》ってやっていたのだが、茶屋が類火に遭《あ》い、再建までの数ヶ月、茶屋衆がそれぞれに他の見世に預けられることになり、事情が変わった。

　又市が預けられることになったのが、歩行新宿の山吹亭で、そこで新参者として苛《いじ》めに遭った又市は、遂《つい》に、賭場《とば》の走《ぱし》りにまで身を落としてしまったのである。

結句、何をやっても不器《ぶき》な又市は、そこでも殴《なぐ》るの蹴《け》るの苛めに遭い、茶屋再建の日を待たずして、儚《はかな》くもこの世を去って行ったのだった。

又市と鉄平……。

おりきには鉄平がどこかしら又市に思えてならなかった。

「親分、その方に逢わせてもらえないでしょうか」

「逢うって、誰に……」

「その、鉄平さんという男《ひと》にですよ」

「…………」

おりきがそう言うと、亀蔵は信じられないといったふうに、目を点にした。

三日後、おりきは泉岳寺《せんがくじ》門前町の棟梁政五郎《せいごろう》を訪ねた。

既に、亀蔵親分より話をつけてもらっていたが、挨拶《あいさつ》かたがた、細々《こまごま》とした打ち合わせをするための訪問であった。

政五郎は何もかもを承知していて、おりきを快《こころよ》く迎えてくれた。

「聞いたぜ。亡くなった彦次の夢を叶《かな》えようと、女房のおきわに蕎麦屋を持たせるんだって？　流石は女将だ。気っ風がいいや！　気に入ったぜ。俺もひと肌脱がせてもらおうじゃねえか。それでよ、聞いた話じゃ、街道から蕎麦を打つ職人の姿が見えるようにしてくれとのことだが、女将よ、こりゃいい思いつきだぜ！　道行く旅人が何事かと脚を止め、見ているうちに我知らず食いたくなっちまうって寸法だろ？　気に入ったぜ。やらせてもらおうか。後は住まいとして、二階に三部屋……。他は全て、こちらに委せるということだが、丁度良かった！　実は、大崎村《おおさきむら》から廃材を引き取って来たばかりでね。なに、廃材ったって、元は大店《おおだな》の寮だった建物でよ。柱や梁《はり》、床材《ゆかざい》に至るまで、実に見事な檜《ひのき》や欅《けやき》を使っていてね。先さまのほうじゃ、何もかもを新しくするので、全て取っ払ってくれとの注文だったが、反故《ほご》にしちまうのは勿体《もってえ》ねえ。それで手間賃から差っ引くという形で廃材を安く貰《もら》い受けて来たんだがよ。どうだろう、そいつを使ってみる気はねえか？　なに、少々年季《ねんき》が入《へえ》っちゃいるが、寧《むし》ろ、蕎麦屋には打ってつけの雰囲気が出るんじゃねえかと思ってよ。それに、廃材を使うわけだから、材木代はうんと安く上がる。一石二鳥とはこのことだぜ」

政五郎という男は、一を聞いて十を知る鋭敏な男で、いきなり急所を突いてきた。

おりきも予《かね》てより廃材の持つ重厚な雰囲気に憧《あこが》れ、茶屋を再建する際にも、いっそ廃材を使えないものかと真剣に考えたほどである。

だが、わざわざ廃材を掻《か》き集めるとなると、解体作業や運搬に思わぬ金がかかってしまい、寧ろ、新しい材木を使うより割高になると聞き、やむなく諦《あきら》めたのだった。

それが、ぼた餅《もち》で頬を叩かれるとはこのことである。

まるで計ったかのように、この度は、既に政五郎の元に廃材があるというのである。

これほど願ったり叶ったりのことはないだろう。

「そう願えれば、これほど有難いことはありません。宜《よろ》しくお願い致《いた》します」

おりきは深々と頭を下げた。

「そうかえ。じゃ、早速、図面を引くとしようか。そうさな、地鎮祭《じちんさい》を七夕として、遅くとも、七月末には棟上《むねあ》げとなるように目処《めど》を立てようか」

「地鎮祭が七夕……」

おりきの胸がじんと熱くなった。

七夕は、おさんが幾富士と名を変え、半玉として初めてお座敷に上がる日であった。

奇《く》しくも、その日、おきわまでが新たなる出発の第一歩を踏み出すことになるとは……。

おりきは気を引き締めるようにして、政五郎の家を後にした。

帰り道、車町の八文屋を覗いてみるつもりであった。

こうめがいれば世間話をしてもよいし、いなければいないで、鉄平をそれとなく観察できれば、それでいい……。

そんな想いで、敢えて、亀蔵には八文屋を訪ねると伝えていなかった。

八ツ（午後二時）を過ぎたばかりで、昼の書き入れ時を終えた八文屋では担《にな》い売りが一人饂飩《うどん》を啜《すす》っているきり、見世には他に誰の姿も見えなかった。

おりきが縄暖簾《なわのれん》を潜ると、丁度饂飩を食い終えたばかりの担い売りが驚いたように顔を上げ、奥の板場に向かって大声を上げた。

「おう、ここに銭をおいたからよ！」

担い売りには繁菱模様《しげびしもよう》の越後上布《えちごじょうふ》をきりりと着こなしたおりきの姿がどうやら場違いに見えたようで、ちらと流し目をくれると、慌てふためいたように表に飛び出して行った。

「毎度！」

板場のほうから、おさわがカタカタと下駄音を立て、出て来る。

「あら、驚いた！　女将さんじゃありませんか」

おさわは奥で中食でも摂《と》っていたのか、狼狽《うろた》えたように、前垂《まえだ》れで口許を拭った。

「門前町の棟梁に少しばかり用がありましてね。ここまで来たのだから、おさわさんやこうめちゃんの顔を見ていこうかと思いまして……」

「申し訳ありませんねえ……。今、親分は留守をしていまして……」

おさわが恐縮したように、小腰《こごし》を屈《かが》める。

「親分に用があるわけではないのですよ。親分には毎日のように逢っていますもの」

おりきの言葉に、おさわは再び前垂れで口を覆《おお》い、くっくっと肩を揺らした。

「そりゃそうだ！　お天道《てんとう》さまの昇らない日がないように、親分が立場茶屋おりきに顔を出さない日なんてありませんものね。じゃ、本当に、あたしたちに逢いに来て下さったんですか？　まあ、どうしよう……。さっ、どうぞお掛け下さいませ。今、お茶をお持ちします」

「いいえ、お構いなく。たった今、棟梁のお宅で頂いてきたところですし、それに、余りゆっくりしている暇もありませんのよ。ただ、久しくお逢いしていないので、無性に顔が見たくなりましてね。それで、こうめちゃんは？」

おりきは板場のほうに目をやった。

「あっ、呼んで参りましょう。今、鉄平に野菜の切り方を教えているところでしてね。確か、井戸端《いどばた》に……」

「あっ、お待ち下さい！」

おりきは奥に入ろうとするおさわを呼び止めた。

「鉄平さんとおっしゃるのね。親分から聞いています。そうですか、こうめちゃんが鉄平さんにね……。おさわさん、わたくしのほうから参りますわ。案内して下さいませんこと？」

「女将さんが……。はあ、さいですかァ。そりゃようござんすがね……」

おさわは訝《いぶか》しそうな顔をしたが、そこは賢《さと》いおさわのことである。

おりきの顔付きから何かあると察したようで、いそいそと板場の奥へと案内した。

板場の奥に裏木戸があり、そこから先が、どうやら裏店《うらだな》の共同井戸へと繋がっているようである。

開け放たれた木戸口から、裏店のかみさん連中の話し声が聞こえてきた。

おりきはおさわに続いて木戸を潜ろうとして、ハッと脚を止めた。

「何やってんだい！　おまえ、面取りのやり方も知らないのかえ？　うちじゃ大層な料理は出さないから、桂剝《かつらむ》きが出来ないのはまだいいとして、煮染《にしめ》に里芋《さといも》は付き物だからさ。おまえさァ、山吹亭じゃ教えてくれなかったのかい。里芋を面取りすることくらい、十歳の餓鬼《がき》だって知ってるよ！　面取りってェのはね、ほら、こうして、こうして、里芋に角をつけるようにして、皮を剝いていく……。こうしておくと、煮くずれしないからさ」

こうめの声である。

おりきはおさわの袖《そで》をぐいと引いた。

おさわが驚いたように振り返る。

おりきは黙って、おさわに中に入るよう目まじした。

「あれが鉄平です。何をやらせても愚図《ぐず》でしてね。見かねて、こうめちゃんが教え込もうとしているんですが……」

おさわは板戸の中に入ると、態《わざ》とらしく、渋面を作って見せた。

「暫くここで様子を見ていたいのですが……」

おりきが言うと、おさわは仕こなし顔で頷いた。

「ほら、やれば出来るじゃないか。けど、気を抜くんじゃないよ！　ヌルヌルするからさ。手を……、あっ、だから言ったじゃないか！　言った端《はし》からこうなんだから……。ああァ、血が出てるじゃないか。ほら、指を洗いなよ」

どうやら、鉄平が指を切ったようである。

おりきとおさわは顔を見合わせた。

が、どうしたことか、次の瞬間、会話も音も途絶えた。

「どうしたのでしょう」

おさわがおりきを窺う。

「さあ……」

おりきは板戸からほんの少しだけ顔を出した。

井戸端に坐《すわ》り込んだ、鉄平の背中が見えた。

こうめが背を屈め、鉄平の突き出した指を口に含み、血を吸い、ぺっぺっと地べたに吐き出している。

「さっ、ここんとこ、ここを右手でギュッと押さえてな。今、布で縛ってやるから」

こうめはそう言い、帯にぶら下げた手拭《てぬぐい》を引き抜くと、歯で切り裂いた。

「こうめさん、もういいよ。このくれェの傷、放《ほう》ってたっていいんだ……」

鉄平が男にしてはか細い、掠《かす》れた声を出す。

人差し指を握り締めて、こうめを見上げる鉄平……。

横顔しか見えないが、細面《ほそおもて》の小柄な男である。

「何言ってんだよ！　化膿したらどうすんのさ。後で、万能灸代《まんのうきゆうだい》を塗ってやるから、取り敢えず、あたしの唾《つば》で消毒だ」

こうめが器用な手つきで、鉄平の指に手拭を巻いていく。

「さあ、指をこうして立ててみな。ちちんぷいぷい、痛いの痛いの、飛んで行け！　ふふっ、どうだい？　みずきにしてやるお呪《まじな》いだよ」

おりきはそっと顔を引っ込めると、おさわに微笑《ほほえ》んだ。

「わたくし、そろそろ、お暇しませんと……」

「えっ、もう宜しいんですか？」

おりきはおさわの肩に、そっと手を廻した。

「別に、用があったわけではないのですもの。こうめちゃんの元気な姿が見られましたし、鉄平さんがどんな方なのか、遠目にでも拝見することが出来ました」

「あのう……。親分に女将さんが見えたことを話しても……」

おりきは、勿論ですとも、と笑って答えた。


「良い子ではありませんか」

おりきは亀蔵親分に枇杷を勧めると、ふっと笑って見せた。

「鉄平が？　ああ、そりゃまっ、決して悪い奴ではねえ。だがよ、おりきさんも見ただろうが、あのどん臭さは半端《はんぱ》じゃねえ」

亀蔵が、おっ、初物か、と枇杷の皮を剝きながら言う。

「わたくしね、あの子を見ていますと、ふっと又市を想起しましてね。又市もここに入った頃はそうでした。けれども、根気強く親身になって導《みちび》いてやれば、どんな子でも次第に隠された才を発揮するようになるものです。山吹亭ではそれをしなかったから、あの子も又市も居たたまれなくなってしまった……。その点、あの子は幸せですわ。こうめちゃんがついているのですもの」

「こうめが？」

「鉄平さんを指導しているときのこうめちゃんの声……。活《い》き活きとしていましたわ。それに、まるで弟か愛しい男《ひと》でも見るような、あの目……」

「おいおい、止してくれや！ するてェと、おりきさんはこうめがあの男を？ て、て、てんごう言ってんじゃねえや！ あの手がつけられねえほどの愚図郎兵衛じゃ、どうしようもねえじゃねえか」

「だから、こうめちゃんが鉄平さんをいっぱしの男にしようと頑張っているのじゃありませんか。こうめちゃんって、そんな娘《こ》なのですよ。わたくし、こうめちゃんが縁談を断った気持が、ようやく解ったような気がしますの」

「…………」

「とにかく、もう少し永い目で見てあげましょうよ。こうめちゃんの努力が実って、そのうち大化けに化ける可能性もあるのですよ。案外、八文屋やこうめちゃんにとって、無論、親分にとっても、鉄平さんは拾いものかもしれませんよ」

「置きゃあがれ！ あの男が拾いものだなんて、そんなことがあった日にゃ、晦日《みそか》に月が出るってもんよ！　だが、こうめがあの男を鍛《きた》えるというのなら、俺《おり》ャ、不足はねえよ。婿にするかどうかは、そんなこたァ先の話だ。まっ、八文屋でちったァ使える男にするというなら、黙って見ているより仕方があるめえよ」

　おりきはくすりと笑った。

　亀蔵の小鼻がぷくりと膨《ふく》れたのである。

　どうやら、口と腹は別とみえ、亀蔵はまんざらでもなさそうである。

「ところでよ、蕎麦屋の名前《なめえ》は決まったのかい？」

　亀蔵が枇杷の種をプッと噴き出す。

「ええ。おきわにつけさせたのですが、彦次さんの名前から取って、彦蕎麦《ひこそば》……。最初《はじめ》は、彦次、とつけたいと言い張っていましたが、それでは蕎麦屋なのか何屋なのか分からないと意見が出まして、彦蕎麦になりましたの。いい名でしょう？　わたくしは気に入っています」

「彦蕎麦か……。彦次が生きていたら、どんなに悦んだことか……。糞！　いけねえや。俺も焼廻《やきまわ》っちまったもんだぜ。このところ、やけに涙もろくなっちまって……」

　亀蔵が目頭をそっと押さえる。

「女将さん、宜しいでしょうか」

　障子の外から声がかかった。

　板頭《いたがしら》巳之吉の声である。

「構いませんよ。お入り」

巳之吉は板脇《いたわき》の市造《いちぞう》と追廻の杢助《もくすけ》を従えていた。

巳之吉は亀蔵の姿を見て、一瞬気後《きおく》れしたかのように、おりきの顔を窺った。

「なに、俺がいたんでは話しづれえってことか？」

亀蔵が蕗味噌《ふきみそ》を嘗《な》めたような顔をする。

「いえ、そういうわけじゃ……」

「なら、構うこたァねえ。俺ャ、身内同然だ。話しなよ」

「では……」

巳之吉が目まじすると、市造と杢助も帳場に入って来る。

「実は、蕎麦屋のことでやすが、おきわが蕎麦屋の女将を務めるとなると、蕎麦は誰が打ちやす？　おきわは自分が打つと言って、これまで市造から教わってきましたが、大番頭の話では、今度の見世は街道側から蕎麦を打つ職人の姿が見られる仕組みだとか……。だったら、ここはやはり男のほうが様《さま》になるんじゃなかろうかと市造が言い出しやしてね。それに、蕎麦屋とはいえ、女将というものは見世全体に目を光らせ、客と常に接していなくちゃならねえ。となると、おきわが蕎麦を打ったんじゃ、女将の役目が務まらねえ……。それで、市造がその役を引き受けると言い出したんでやすが、市造は旅籠の板脇だ。市造に抜けられたんじゃ、あっしがというより、旅籠の板場が困る。それで、この杢助に急ぎ蕎麦打ちの特訓を受けさせ、蕎麦屋が開店するまでに、いっぱしの職人として恰好がつくように仕込みてェと思いやすが、どうでやしょう」

まあ……、とおりきの胸が顫えた。

実は、そのことで、おりきも頭を悩ませていたのである。

蕎麦屋が出来たところで、肝心の蕎麦の味が不完全ときては、草葉《くさば》の陰で彦次が歯軋《はぎし》りするに違いない。

南本宿に旨い夜鷹蕎麦屋《よたかそばや》ありとまで言われた彦次である。

彦次は屋台見世でも、そんじょそこらの見世に引けを取らない蕎麦を作ろうと、蕎麦粉《そばこ》の吟味《ぎんみ》から打ち方、出汁《つゆ》の味まで、たった一人で努力に努力を重ねてきたという。

その味を、果たして、おきわ一人で再現できるであろうか……。

そう思い、神田、浅草界隈の蕎麦打ち職人に、亀蔵から話をつけてもらおうかと思っていたのである。

それを、旅籠の板場衆が気にかけてくれていたとは……。

「市造なら、今すぐにでも彦次の蕎麦は打てやす。後は出汁のほうなのですが、実は、あっしも何度か彦次の蕎麦を食ったことがありやして……。それで、おきわが彦次の出汁の作り方を知っているというもんで作らせてみやしたが、これがいけねえ。いくらおきわが昆布、鰹節《かつおぶし》、醤油《しょうゆ》、味醂《みりん》の量など寸分も違っちゃいねえと力説してみたところで、彦次の味には到底及ばねえ……。それで、あっしが自分の舌で憶《おぼ》えたあの味を、なんとか見世を開くまでに再現してみようかと思いやして……。女将さんのお許しが出れば、早速、今宵から、夕餉膳《ゆうげぜん》を出した後から試してみてェと思いやすが……」

おりきはウッと込み上げる熱いものを呑み込んだ。

「有難うよ、おまえたち……。そうしてくれますか？　巳之吉たちが手を貸してくれれば、彦蕎麦は大船に乗ったようなものですわ」

「彦蕎麦というのですか！」

巳之吉と市造が顔を見合わせる。

「そいつを聞いちゃ、ぼやぼやしちゃいられねえ！　彦次に嗤われねえような味を出さなくっちゃな！」

「有難うよ。本当に、有難う。けれども、杢助を彦蕎麦のほうに取られたのでは、旅籠の板場が人手不足となるでしょう。蕎麦屋の板場や小女を新たに募集しますので、その折、旅籠の追廻も雇うことにいたしましょう。杢助、おまえはそれで本当にいいのですね？」

おりきは杢助の顔を瞠めた。

杢助が照れたように、へっ、と頷く。

「こいつァ、追廻をしているより、蕎麦職人として、他人《ひと》さまの目に晒《さら》されているほうがいいんだとよ！」

市造がちょっくら返し、杢助の頭をちょいと小突《こづ》いた。

巳之吉たちが帳場を出て行くと、亀蔵が懐手《ふところで》にしみじみとした口調で呟《つぶや》く。

「大《てえ》したもんだぜ。おりきさんよォ、俺《おり》ャ、今までもここの使用人の結束力にゃ常から頭の下がる想いがしていたが、この度みてェに、おきわだけ特別に目をかけ、蕎麦屋を持たせたんじゃ、さぞや、他の連中が肝精を焼くんじゃねえかと内心はらはらしていたがよ。見なよ、おきわのためにひと肌脱ごうと、あの巳之吉が率先して協力を申し出たんだぜ。おりきさん、おめえさんの努力が実ったじゃねえか。日頃、おめえさんが真心《まごころ》を込めて奴らに接しているからこそ、その想いが伝わったんだぜ。いけねえや、また泣けてきやがった……」

亀蔵は腰の手拭《てぬぐい》を引き抜くと、チーンと洟《はな》をかんだ。

おきわの母親おたえが訪ねて来たのは、その翌日のことだった。

「この度はおきわに、いえ、おいねやこのあたしにまで大層なご恩情をかけて下さり、どう、お礼を言ったらいいのか……。亭主がおりましたなら、活きの良い魚を届けることも出来たでしょうに……。現在《いま》のあたしにはただただ感謝の気持を伝えることしか出来ません。女将さん、本当に有難うございます」

おたえは畳に頭を擦《す》りつけ、飛蝗《ばった》のように何度も辞儀をした。

「あらあら……。さっ、頭をお上げ下さいまし。わたくしは蕎麦屋という器を提供しただけです。今後、上手《うま》く軌道に乗せていけるかどうかは、おきわやおたえさんの肩にかかっているのですからね」

「ええ、そりゃもう、よく解っております。あたしも死に物狂いで働きます。いつまでも亭主のことを思って湿《しめ》っぽくなっていたんじゃ、孫のおいねに顔向け出来ませんからね。蕎麦屋だけでなく、あたしに出来ることならなんでもします。茶屋の使い走りだって、旅籠の下働きだって、女将さんのために力にならせて下さいませ」

「有難いお言葉ですが、蕎麦屋をやるだけで筒一杯だと思いますよ。やらなければならないことが山ほどもありますから」

「ええ、だから、蕎麦屋を開くまでの間、何かの役に立たせて下さい。亭主を待ったところで二度と戻っちゃくれないと、あたしもようやく心に区切りがつきましたもんで、猟師町の家を引き払って、おきわたちと同居することにしました。けど、おきわたちが旅籠に出かけちまうと、昼間はあたし一人っきりになり、何もすることがないんですよ。ですから、せめて蕎麦屋が開店するまで、皿洗いや洗濯《せんたく》など、あたしに出来ることをやらせて下さい。あっ、そうだ……」

おたえは持って来た布袋の中を探《さぐ》ると、一本の枝を差し出した。

「まあ、これは……」

おりきは目を瞠った。

梅花空木である。

「おや、少し萎《しお》れちまったかな？　つい今し方、女の人から貰ったときには、まだ活き活きとしていたんですけどね」

「女の人？　それはどこで……」

「それが、猟師町の家を片づけに行きましたところ、いえ、片づけるといっても、大して何もあるわけじゃないんですがね。要《い》らない物を捨てたり、亭主の思い出のある細々した物を持ち出して、こちらに挨拶に上がろうと、川べりの道を歩いていますとね。ほら、目黒川が弓形《ゆみなり》になって行合橋《ゆきあいばし》へと抜ける道の角に、鬱蒼とした庭のある仕舞た屋がありますでしょう？　白い花ばかり咲いている……」

　どうやら魍魎荘のことを言っているようである。

「そこの前を通りかかったら、白っぽい着物を着た女の人が、黙って、あたしにその枝を差し出しましてね。あたし、びっくりしちゃって……。慌てて突き返そうとしたんだけど、すっと木の陰に隠れちまって、どこに消えたんだか、姿が見えなくなりましてね。ほら、あそこは木々が茂っていますでしょう？　木立《こだち》に隠れてしまうと、中が見えないんですよ。それでそのまま貰って来ちゃったんだけど、あたしが持っていたって仕方がありません。女将さんに差し上げる物がなくって困っていたのですが、こんな物でも、せめて、あたしの気持として、受け取ってもらえませんか？　あっ、それとも、失礼ですかね、こんな萎れた花……」

　おたえが気を兼ねたように、首を竦める。

「とんでもありませんわ。失礼だなんて……。水切りをしてやれば、また元気になりますことよ。では、有難く頂戴《ちょうだい》いたします」

「ところで、それはなんていう花で？」

「梅花空木ですよ。今が見頃《みごろ》の花です」

「へえ……、そうなんだ。あたしは不調法《ぶちょうほう》で、花の名前なんて……。せいぜい判るのは、魚の名前くらいでしてね。その魚でさえ、時折間違えることがあって、いつも亭主に叱《しか》られていました」

おたえはそう言うと、再び、飛蝗のようにペコンペコンと頭を下げ、帳場から出て行った。

おいねたちのいる子供部屋はどこかと訊ねたので、恐らく、おたえは裏庭へと廻ったのであろう。

おりきは手水《ちょうず》の水を手桶《ておけ》に取ると、梅花空木の枝を浸《ひた》し、水切りをしてやった。

まだ花弁《はなびら》がだらりと縮こまっているが、もう少しすると、再び元気を取り戻すであろう。

お絹さま……。

おりきは呟いた。

おまえさまはこの枝をおたえさんに託《たく》し、わたくしに届けようとして下さったのですね。

おまえさまが身を挺して若旦那への愛を全《まっと》うされたように、わたくしはこれからも立場
茶屋おりきへの愛を全うしようと思います。

だって、わたくしにはそれしか為《な》す術《すべ》がないのですもの……。

おりきにはお絹がそれとはなしに答えを投げかけてくれたように思えてならなかった。

手桶に浸した梅花空木の花弁が、まるで音でも立てるかのように、一枚、また一枚と、次第に活気を取り戻していく……。

そうだわ、花瓶《かびん》に活けて愉しんだ後、挿《さ》し木にしてやろう！

お絹さま、おまえさまの愛を、今度は、わたくしが伝えていきましょうぞ……。

ふっと、そんな想いがおりきの脳裡を過った。

一度も逢ったことのないお絹だが、何故か、間近で見守ってくれているように思えてならなかった。

契り

品川宿界隈《かいわい》に八朔《はっさく》(八月一日前後に吹く強風)が吹き荒れた、翌日のことである。

亀蔵《かめぞう》親分は下っ引きの金太《きんた》と利助《りすけ》を従え、南本宿から門前町にかけて聞き込みに歩いていた。

大風のあと、暑さが一気にぶり返したようで、ムッと噎《む》せ返るような灼熱《しゃくねつ》を受け、さして身体《からだ》を動かさなくても、じとりと粘《ねば》っこい汗が噴《ふ》き出てくる。

そんな油照《あぶらで》りの中、高輪《たかなわ》から南北両本宿、門前町へと聞き込みに歩くのであるから、金太でなくても音《ね》を上げたくなる。

「糞《くそ》! やってられねえや……。ああ、喉《のど》がからついちまったぜ。親分、ここいらでひと休みってなわけにいかねえもんで?」

金太が小太りな身体を揺すり、恨めしげに亀蔵を見る。

「置きァあがれ! たった今、南本宿の自身番で麦湯《むぎゆ》を呼ばれたばかりじゃねえか。それに、おめえみてェに飲んだ端《はし》から汗にして追出《おいだ》しちまったんじゃ、方図《ほうず》がねえだろうが!

だがよ、金太でもねえが、俺も些《いささ》か喉が干《ひ》上《あ》がっちまったぜ……。おっ、見なよ。確か、あれは天狗屋《てんぐや》のみのりじゃねえか?」

亀蔵が行合橋《ゆきあいばし》のほうに向かって、顎《あご》をしゃくってみせる。

成程、橋の袂《たもと》で担《にな》い売りの棒手振《ぼてふ》に屈《かが》み込んでいるのは、下駄《げ》商天狗屋《たしょう》のみのりのようである。

途端に、利助の頰《ほお》が弛《ゆる》んだ。

亀蔵はそんな利助を横目でちらと流し見ると、みのりの傍《そば》へと寄って行く。

どうやら、魚屋の冨吉《とみきち》がみのりを相手に、何やら持って廻《まわ》ったような歯切れの悪い、抗弁をしているところのようである。

「夕《ゆん》べ、海がああ荒れたんじゃ、活《い》きの良い魚をと言われても、そうそう右から左へと動かせるもんじゃねえからよ。嘘《うさ》ァ言わねえからよ、いっそのやけ、猟師町《りょうしまち》に行ってみな。あそこなら、それこそ、干物《ひもの》が売るほどあるからよ」

「何を勿体《もったい》をつけてんのさ！　さあ、棒手振の蓋《ふた》を開けてみな。たった今、あたしの目にちらと映ったのは、黒鯛《くろだい》じゃなかったっけ？　おまえ、売約済みだなんて言ったけど、そう言って、値《ね》を吹っかけようと焦《じ》らしてんじゃないだろうね？　いいからさ、言いな。幾らだい？　少々値が張ってもいいから譲っておくれよ」

みのりが五分《ごぶ》でも引かないといった剣幕で、棒手振の蓋を開けようとする。

亀蔵が後ろからその手をぐいと摑《つか》んだ。

みのりが驚いたように振り返る。

「親分……。嫌だァ、驚かさないで下さいよ！　ねっ、親分からも言ってやって下さいよ。この男《ひと》ったら、活きの良い黒鯛を持っているくせに、売約済みだなんて野鉄砲《のでっぽう》を言っちゃって、どうしても分けてくれようとしないんですよ」

みのりが縋《すが》るような目で、亀蔵を仰《あお》ぎ見る。

「魚冨《うおとみ》、天狗屋のかみさんがああ言ってるが、正《まさ》な話、どうでェ？」

亀蔵は芥子粒《けしつぶ》のように小さな目を、冨吉にひたと据えた。

痛くもない腹を探《さぐ》られ、冨吉は面食らったように慌《あわ》てて首を振った。

「てんごう言っちゃいけやせんぜ。こいつァ、田丸屋《たまるや》に納《おさ》める魚だ。なんでも今宵《こよい》は来客があるとかで、三日前《めえ》から頼まれていたんですよ。ところが、親分もご存じのように、夕べの時化《しけ》で雑魚場《ざこば》にゃ小鯵《こあじ》一匹上がっちゃこねえ。しょうがねえもんで、伝手《つて》を頼って、日本橋の魚河岸まで手を廻《まわ》し、ようやく黒鯛を一匹仕入れたって有様《ありさま》で……。へっ、そう言う理由《わけ》でやすから、ご無体《むたい》はどうか勘弁しておくんなさいまし」

冨吉が気を兼ねたように、何度も腰を折る。

「どうでェ、天狗屋。魚冨はああ言ってるんだ。まっ、今日のところは、魚冨が言うように、干物で我慢しておくんだな。ところで、おめえ、やけに気張《きば》って、野菜やら豆腐を買い込んで来たじゃねえか。成程、するてェと、今日はこれが来る日ってわけか？」

亀蔵が親指を立ててみせる。

みのりの顔からさっと色が失《う》せ、心なしか、狼狽《うろた》えたように思えた。

「ええ、まっ……」

「そうけえ。済成堂《さいせいどう》の旦那《だんな》は十五夜まで大坂《おおざか》だと聞いていたが、随分と早ェこと《はえ》江戸に戻ったんだな。丁度良かった。俺《おり》ャ、ちょいと訊《き》きてェことがあってよ。今、旦那はいるかい?」

亀蔵が探るような目で窺《うかが》うと、みのりはあっと手で口を押さえ、挙措《きょそ》を失った。

「いえ、現在《いま》はまだ神田のほうに……。あたし、いつ旦那が見えても困らないようにと、それで……」

「それで、食材を買い揃《そろ》えて待ってるってことか……。だったら、いつ来るか分からねえ旦那のために、何も無理して黒鯛を買うこたァねえだろうに。魚が有り余っているというのなら話は別だが、まっ、諦《あきら》めるんだな。だが、よくもまあ、これだけ買い揃えたものよ」

亀蔵がみのりの手にした前栽篭《せんざいかご》を覗《のぞ》き込む。

前栽篭には、大根、小松菜、牛蒡《ごぼう》、茄子《なす》と、この時期、揃えられるありったけの野菜や豆腐が詰め込まれていた。

みのりは慌てたように前垂《まえだ》れで篭を隠した。

が、顔は正直である。

瞬《また》く間に、白い頰に紅葉《もみじ》が散った。

「おやっ、かな! 親分の言うとおりでェ。みのりさん一人じゃ、とてもじゃねえが、食いきれねえ……。旦那と二人にしても、大《てえ》した量だ。まるで、他に誰かいるみてェじゃねえか」

利助のたいもないちょうらかしに、みのりは目を三角にして睨《にら》みつけた。

「まさか……。だから、言ったじゃありませんか！　旦那がいつ神田から廻って来てもいいように、こうして用意しているのだって！」

みのりは上擦《うわず》った声で鳴り立てたが、言いすぎたとでも思ったのか、それとも観念したのか、太息《ふといき》を吐《つ》くと、

「あらあら、親分も金太さんも凄《すご》い汗！　良かったら、うちに寄って行きませんか？　冷たい麦湯をご馳走《ちそう》しますから」

と掌《てのひら》を返したように愛想笑いをして見せた。

「そいつァ、有難《ありがて》ェ」

「有難山《ありがたやま》の時鳥《ほととぎす》！　おいら、喉がからついちまって……。正直言って、頭がくらくらしてたんだ」

現金なものである。

この暑さに口を開くのも億劫《おっくう》とばかりに、滴《したた》る汗を手拭《てぬぐい》で拭《ぬぐ》いながら、石の地蔵さんを決め込んでいた金太の頬に、たちまち生気が甦《よみがえ》った。

天狗屋は街道を挟んで、妙国寺《みょうこくじ》の斜向《はすむ》かいにある。

旅籠《はたご》や立場茶屋《たてばぢゃや》がずらりと軒を連《つら》ねている中にあり、天狗屋は比較的こぢんまりとした見世《みせ》であった。

店先に日和下駄《ひよりげた》や丸下駄《まるげた》に混じって、石割雪駄《いしわりせった》、裏付《うらづけ》、皮草履《かわぞうり》といった、ひと通りの草

履が並ぶことは並んでいるが、主な商《あきな》いは、軒先に吊《つる》した旅用の草鞋《わらじ》と見てよいだろう。が、その草鞋とて、そうそう日に何足も売れるわけではなく、それでも、みのりが何不自由もなく立行《たちいき》していけるのは、薬種問屋《やくしゅどんや》済成堂の手懸《てか》けだからだと、巷《ちまた》で噂《うわさ》されていた。

要するに、商いは飽《あ》くまでも世間体《せけんてい》や神田本石町《ほんごくちょう》にいる本妻への手前であり、済成堂市《いち》右衛門《えもん》は女房の妹みのりを囲《かこ》い者にしているのである。

済成堂市右衛門が大坂道修町《どしょうまち》の本店から暖簾《のれん》分けをしてもらい、神田本石町に見世が構えられたのは、何もかも、糟糠《そうこう》の妻おふえのお陰だと言われている。

おふえは市右衛門が道修町に上がった頃からのつき合いで、一歳年上のおふえは市太《いちた》（市右衛門）が丁稚《でっち》の頃より、一日も早く平手代《ひらてだい》から名目役《めいもくやく》に、更には番頭へと出世するようにと、陰になり日向《ひなた》になり、支えてきたのだった。

おふえは本店の主人《あるじ》夫婦に大層気に入られていた。

何しろ、おふえは我勢者《がせいもの》で、痒《かゆ》いところに手が届くように目端《めはし》が利き、だからといって、決して前面にしゃしゃり出るようなこともせず、常に一歩下がって主人を立てる気扱《きあつか》いに長《た》けているのだから、気に入られないはずがない。

そんなおふえが済成堂に奉公に上がって初めて主人に願い出たのが、市太と所帯を持ちたいということだった。

済成堂にしてみれば、三十路《みそじ》半《なか》ばまで非の打ち所なく尽くしてくれたおふえのためにも、市太を無下《むげ》に扱うことは出来ず、厚遇せざるを得なかった。

市太はおふえと祝言《しゅうげん》を挙げると同時に番頭に昇格し、三年後、済成堂が江戸に出店《でだな》を構えることになった折には、江戸店を委《まか》せてもよいと言う主人に、率爾《そつじ》ながら、いっそ独立採算、つまり、暖簾分けをしてくれないかと申し出た。

陰で、おふえが動いたことは言うまでもない。

それほど、おふえは本店からの信用が篤《あつ》く、おふえの申し出は何故《なぜ》かすんなりと受け入れられたのである。

幸いにも、商いは順調に伸び、現在では市右衛門の見世は本店に勝るとも劣らない売り上げを上げるようになっていた。

だが、市右衛門は暖簾分けに際し、年に三月《みつき》の本店奉公と、売り上げの一割を上納するという、本店と交《か》わした約束を果たさなければならなかった。

というのも、市右衛門は他の古株を差し置いての、異例の出世であった。

本店にしてみれば、些少《さしょう》の制約を附加《ふか》することで、他の者の妬心《としん》を封じ込めたいと思ったのであろう。

そのため、毎年、市右衛門は端午の節句が明けると、八月十五日まで大坂に出向くようになった。

だがこのことは、関西と関東の需要と供給を比較検討する意味でも、仕入れの面でも、商人《あきんど》にとっては絶好の機宜《きぎ》となり、東西ともに飛躍を見ることとなった。

商いの順調な伸びに、市右衛門に気の弛みが出たのは、二年ほど前のことであろうか。

おふえが一廻りも年下の妹みのりを生駒《いこま》から呼び寄せ、本石町で家事見習をさせるようになったのである。

どうやら、おふえはみのりを本石町から嫁に出す腹のようであったが、みのりは元々生駒の百姓娘である。

おふえから口が酸《す》っぱくなるほど大店《おおだな》の娘らしく振る舞えと言われても、みのりには裃《かみしも》を着たような生活は性《しょう》に合わない。

次第に、みのりはおふえに隠れて涙を流すことが多くなった。

そんなとき、おふえに隠れて優しく庇《かば》ってくれたのが、市右衛門であった。

乳《ち》飲《の》み子の頃、父親を亡くしたみのりには、市右衛門は父のように頼り甲斐《がい》のある男だったが、そこはやはり血の繋《つな》がらない男と女で、みのりが市右衛門と理《わり》ない仲となるのに、さほど時はかからなかった。

だが、そうなると、おふえの存在は目の上の瘤《こぶ》である。

とはいえ、市右衛門が現在あるのは糟糠の妻おふえのお陰であり、みのりにしてみれば、おふえは母親代わり……。

感謝こそすれ、おふえを蔑《ないがし》ろにすることなど出来ようもない。

ある日、市右衛門は意を決して、みのりに見世を持たせたい、とおふえに持ちかけた。

「あの娘《こ》に世間慣れをさせるためにも、責任を持たせたほうがいい。大店の娘らしくしろと躾《しつけ》だの作法だのとおまえのように口煩《くちうるさ》く言っていたのでは、みのりが畏縮《いしゆく》するばかりだ。

どのみち、いずれお店者《たなもの》と所帯を持たせることになるのだから、作法や躾よりも商いのやり方や、立行をどう保てばよいのか、身を以《もっ》て体験させるほうが、ずっとみのりの役に立つと思うがね。おふえ、おまえだってそうだろう？　生まれつき大店の娘だったわけではなく、本店の下働きから始まったんだ。そのことを思えば、みのりの場合は奉公に出るわけではなく、小さくとも自分の見世を切り盛り出来るのだ。これほど、あの娘に見合ったことはないと思うがね。というのも、丁度、品川宿に恰好《かっこう》ものの見世が売りに出ていてね。下駄屋だが、みのり一人が食っていく分には不足はない。しかも、これが驚くほど安くてね。早速、手付けを打っておいた」

市右衛門の言葉に、さぞや驚くだろうと思っていたおふえは、案に反して、目を瞠《みは》った。

「おまえさま、それはよい思いつきです。みのりの強情なのには些かあたしも匙《さじ》を投げかけていましたからね。いずれどこかに嫁《とつ》がせるにしても、商いを覚えさせるほうが早いかもしれません。それに、見世さえあれば、何も無理をして嫁がせなくても、婿を取ればいいのですもの！」

それで、話はとんとん拍子に進んだ。

みのりが門前町に下駄屋を構えてそろそろ二年になろうとするが、市右衛門は大坂に出向く三月《みつき》以外は、本石町と品川宿を往《い》ったり来たり、現在《いま》では、みのりが市右衛門の手懸けだと誰もが目引き袖《そで》引き噂していた。

それほど、みのりは商いに熱が入らず、いつ見ても、物憂《ものう》い顔をして店先に坐《すわ》り、市右衛門が来ると分かった日だけ、いそいそと食材を買いに廻り、売り物の下駄に叩《はた》きをかけたりするのだった。

と、ここまでは門前町の者なら誰もが知っていることで、無論、亀蔵も知っていた。

天狗屋の日除暖簾《ひよけのれん》がハタハタと風に揺れていた。

みのりは亀蔵を振り返ると、

「ご免なさい。散らかしているもんで、ちょっとだけ、ほんのちょんの間、ここで待っていて下さいな」

と手を合わせた。

「なに、麦湯を飲むだけでェ。構うこたァねえ」

「ええ、でも、ほんの少し。あたしが合図をしたら、入って来て下さいな！」

みのりはそう言うと、カタカタと下駄を鳴らして、小走りに見世へと入って行った。


「どうでェ、商売《しょうべえ》のほうは」

亀蔵が冷えた麦湯をぐいと呷《あお》り、上目遣《うわめづか》いにみのりを見る。

「商売なんて……。あたし、やっぱり、商売には向いていない……」

みのりが冷水から引き上げたばかりの薬缶《やかん》を持ち上げ、空《から》になった亀蔵の湯呑《ゆのみ》に注《そそ》ぐ。

「やっぱりもへったくれもあるもんか！　商売《しょうべえ》に向いているかどうかなんて、懸命に努力してみて初めて言う言葉だ。おめえみてェに、そう愛想なしじゃ、客のほうが胸糞《むなくそ》が悪くなって逃げちまわァ」

「あら、だって、客が来ないんだもの！　客さえ来れば、あたしだって愛想のひとつも振りまきますよ」

「おめえ《へえ》よォ、商いというもんはだな、品物を並べておけば済むというもんじゃねえんだ。客が入りやすい雰囲気を調《ととの》えなくっちゃ……。見なよ、塗り下駄に埃《ほこり》が積もってるじゃねえか。あれじゃ、客も退《ひ》くってもんだ。見世《めえ》に入《へえ》る前に愛想尽《あいそづ》かしをしちまわァ！」

亀蔵に痛いところを突かれ、みのりは肩を竦《すく》めて、ぺろっと舌を出した。

男心をぞくりとさせる仕種《しぐさ》である。

みのりは決してとびきりの品者《しなもの》とまでいかないまでも、肌が透《す》けるように白く、下膨《しもぶく》れの顔に切れ長の目がやけに色っぽい。

成程、済成堂は生《なま》にやけた、この小色《こいろ》さに惚《ほ》れちまったか……。

亀蔵がそう思ったときである。

居たたまれなくなったのか、利助が助け船を出した。

「親分、もういいじゃねえか。みのりさんはこれでも筒一杯我勢《つっいっぺえがせい》してるんだからよ」

どうやら、ここにも一人、みのりに岡惚《おかぼ》れした男がいるようである。

「利助、てめえ、黙って喋《しゃべ》れってェのよ！　だがよ、俺《おり》ャ、これ以上、差出《さしで》はしねえ。おめえの好きなようにやればいいんだからよ。まっ、済成堂の旦那がついている限り、食うに事欠くことはねえからよ」

みのりはこくりと頷《うなず》いた。

「ご馳《ち》になったな。お陰で、汗が引いたぜ。おっ、そりゃそうと、俺たちがこの糞暑《くそあち》ィ最中《なか》、こうして聞き込みに歩いているのはよ、夕《ゆん》べ、北本宿の自身番から取調中の男が逃げ出しやがってよ。だが、夕べはあの嵐だ。町木戸はどこも早々《はやばや》と閉まったし、しかも、奴《やっ》さをしょっ引いたとき、浅手《あさで》だが、脇腹と肩口に創傷を負っていてよ。あれじゃ、逃げたところで、あんまし遠くまでは逃げ切れねえ。俺ャ、必ず、この界隈に潜《ひそ》んでいると睨んでるんだがよ。おめえ、何か変わったことはなかったか？」

亀蔵に睨《ね》めつけられ、みのりはさっと俯《うつむ》いた。

「変わったことなんて……」

「なに、ねえってか？　まっ、そりゃそうだろうが、おめえも気をつけな。なんと言っても、女《おな》ごの一人所帯だ。旦那でもいてくれればいいのだが、まさか、本石町に遣《つか》いを出すわけにもいかねえわな。だがよ、旦那も一体《いってえ》どういう了見をしてるんだろう。店番に小僧を置くとか、賄《まかな》いの婆さんを雇うとかしたらいいのに、いくら商いはうっちゃっといてもいいといったって、おめえを一人にしておくとはよ！」

「違います！　誰も雇わなくていい。一人のほうが気が楽だと言ったのは、あたしなんです」

みのりは声を荒らげた。

事実、下働きを雇うと言った市右衛門に、この程度の構えなら自分一人で廻していける、使用人がいれば、義兄《にい》さんとの関係をあることないこと取り沙汰《ざた》されて、いつ世間に吹聴《ふいちょう》して廻られるかもしれない、と異を唱えたのはみのりだった。

どうやら市右衛門の脳裡《のうり》にも、ちらとおふえの顔が過《よぎ》ったとみえ、それで、では暫《しばら》く様子見ということになったのだが、どういうわけか、様子見が現在《いま》も続いているというのが、現状であった。

「そうけえ……。まっ、おめえがそれでいいというのなら、俺《おり》ャ、別に文句はねえがよ。じゃ、くれぐれも気をつけな。何か気にかかることがあったら、いつでも構わねえ、自身番に知らせなよ」

亀蔵はちらと奥を窺うようにして、床几《しょうぎ》から腰を上げた。

「あのう……」

みのりが怖《お》ず怖ずと顔を上げる。

「その男《ひと》、一体何をしたんですか？」

「その男？　ああ、夕《ゆん》べ逃げたって男か。なに、遊里《ゆうり》じゃさほど珍しくもねえ足抜《あしぬ》きなんだがよ。野郎がすんなりと消炭《けしずみ》に捕《つか》まっていれば、何も町役人の出る幕じゃなかったんだ。ところがよ、あの野郎、追って来た消炭の一人を殺《あや》め、もう一人に大怪我《おおけが》を負わせちまってよ。となれば、町方が動かねえわけにはいかねえ……」

「けど、その男《ひと》も怪我をしているんでしょ？　だったら、喧嘩両成敗《けんかりょうせいばい》ってことにならないかしら？」

「だが、人一人を殺めたってことになると、事情はどうあれ、そうはいかねえ。それで奴をひと晩自身番で預かり、今朝、大番屋《おおばんや》送りにするかどうか検討するはずだったが、店番《たなばん》の抜作《ぬけさく》が厠《かわや》に行きてェという奴の万八《まんぱち》にころりと騙《だま》され、逃げられちまった。奴ァ、そういうはしかい男だからよ、自身番としても、裏をかかれたままじゃ放っておけねえ。今朝から躍起になって捜《さが》し歩いているってわけさ」

「それで……、相手のお女郎《じょろう》さんは？」

「女郎がどうなったかって？　はン、可哀相《かえいそう》に、一旦《いったん》は水月楼《すいげつろう》の消炭にとっ捕まったが、男が町方に取り押さえられたのを見て、絶望したんだろうて……。消炭の手を振り払って、目黒川に飛び込んじまった」

「えっ……」

「今朝、洲崎《すざき》に土左衛門《どざえもん》が上がったとよ」

「…………」

みのりは途方に暮れたように、目を点にした。

亀蔵の小さな目がきらと光った。

が、亀蔵は取ってつけたように咳《しわぶき》を打つと、じゃ、急ぐからよ、とくるりと背を返した。

みのりが茫然《ぼうぜん》とその背を瞠《みつ》めている。

表に出ると、再び、わっと熱気が襲ってきた。

「親分！」

金太が亀蔵を追って来る。

「あの女、なんだか妙ですぜ！」

「ああ、おめえもそう思うか？　臭《くせ》ェな、天狗屋は」

「臭ェって……。えっ、まさかァ！」

利助が泡を食ったように、下駄屋を振り返る。

「この大かぶりが！　振り返るんじゃねえ。とっとと歩きャあがれ！」

亀蔵が忌々《いまいま》しそうに、ちっと舌を打つ。

そうして、暫く歩くと、豆腐屋の前で脚《あし》を止めた。

「おう、おめえら、天狗屋から目を離すんじゃねえぜ！　金太、おめえは表口を、利助は裏口を張れ。いいか、気づかれねえようにやるんだぜ。俺《おり》ャ、ちょいと立場茶屋おりきを覗いて来る。おめえらは天狗屋に人の出入りがねえか、何か変わったことはねえか、見張ってろ。いいか、ほんの少しでも変わったことがあれば、俺に知らせるんだぞ。解《わか》ったな！」

亀蔵にじろりと睨めつけられ、へっと金太が頷く。

利助はまだ信じられないといった顔をして、頻《しき》りに首を傾《かし》げていた。

みのりは亀蔵親分を見送ると、ハッと奥座敷に目をやった。

男には何があろうと決して押入から出てはならないと釘《くぎ》を刺しておいたので、まさか、気取《けど》られてはいないと思うが、そうはいっても、やはり心配である。

「おまえさん……」

みのりは押入に寄って行くと、声をかけた。

押入がするりと開き、男が顔を出した。

「もう大丈夫だよ。いいから出ておいで」

みのりがそう言うと、男は四つん這《ば》いになって、のろのろと出て来た。

「誰でェ、今のは……」

「高輪の親分だよ。おまえさんのことで聞き込みに歩いているみたいだった」

「親分……」

男の顔に緊張が走った。

「大丈夫だよ、感づかれなかったから。それより、傷はどうだい？　まだ痛むかい？」

「ああ。だが、おめえが手当をしてくれたお陰で、幾分楽になったようだぜ」

「そう、それは良かった。けど、本当は外療《がいりょう》（外科）の医師に診《み》てもらったほうがいいのだろうけど……。うちじゃ、せいぜい万能灸代《まんのうきゅうだい》を塗るくらいのことしか出来ないんだもの。

肩の傷は浅手だったけど、脇腹は結構深くまで抉《えぐ》れていたよ。傷口を塞《ふさ》ぐようにきつく縛っておいたけど、動くと、またパクリと傷が開いちゃう。おや、どうした？ 顔が紅《あか》いよ」

みのりは男の額《ひたい》に手を当て、顔を顰《しか》めた。

「嫌だ……。熱があるじゃないか。ああ……、どうしよう。そうだ、薬を飲むかい？」

みのりはそう言うと、茶簞笥《ちゃだんす》の上に置いたごた箱を取り出し、ごそごそと中を探った。

「感応丸《かんのうがん》に黒丸子《こくがんし》、五臓円《ごぞうえん》……。あら、嫌だ。これ、義兄《にい》さんの薬だわ。おまえさんに滋養強壮《じようきょうそう》の薬を飲ませたところで、闇夜《やみよ》の鉄砲《てっぽう》だってェのにさ……。ええと、これはっと……、長命丸《ちょうめいがん》。嫌だ、これも強精剤《きょうせいざい》じゃないか。なんでこんなのしかないんだろ……。あっ、あったわ。正気散《しょうきさん》！ これは風邪《かぜ》のときに煎《せん》じて飲む薬だから、きっと、熱冷《ねっさ》ましにも効《き》くと思うわ。それとも、なんにでも効くという感応丸のほうがいいかしら？ まっいいか、両方、飲んじゃいな」

みのりはそう言い、長火鉢でしゅるしゅると音を立てる鉄瓶《てつびん》から湯呑に白湯《さゆ》を移すと、まるで幼児にでもしてやるように、ふうふうと息を吹きかけた。

「さあ、正気散をこれから煎じてやるからさ、まず、感応丸を飲んでごらん。それに、何か喉を通りそうなものを作らなきゃね。卵粥《たまごがゆ》がいいかしら？ それとも、雑炊《ぞうすい》にする？ しっかり食べて、滋養をつけなきゃ！ これからお上《かみ》の捜査網をかいくぐろうってのに、力が出ないじゃないか」

「捜査って……。おめえ、やっぱり、俺のことを聞いたのか？」

男が辛《つら》そうに顔を歪《ゆが》める。

「おまえさん、お女郎を足抜けさせようとしたんだってね。無茶なことを……。そんなことをして、逃げ延びられるとでも思ったのかい？」

「無茶なこと……。そうかもしれねえな。だが、俺《おり》ゃ、無茶だと解っていても、どうしても、おきみをあそこから救い出したかった。そうしねえと、俺がなんのために三年も寄場《よせば》で過ごしたのか解らねえ……」

「寄場って……」

「無宿島（石川島）さ」

男はそう言うと、左の袖《そで》を捲《めく》って見せた。

あっと、みのりが息を呑《の》む。

男の左腕には、青々とした入墨《いれずみ》が二本入っていた。

男は、済まねえ、喉がからついちまってよ、と茶を所望すると、苦しげに喘《あえ》ぎながら、途切れ途切れに話し始めた。

「俺ャよ、誠治《せいじ》ってんだ。寄場送りになるまでは、これでもいっぱしの版木師《はんぎし》だったんだぜ」

「そう。じゃ、これからあたしも誠治さんと呼ぶわね。あたしはみのり。そっか、さっき親分たちがあたしの名を呼んでいたから、もう知っているか……。おや、ご免よ。余計な口を挟んじまって。さっ、話して！」

みのりは首を竦めた。

誠治は神田亀井町《かめいちょう》の版木師亀五郎《かめごろう》（通称彫亀《ほりかめ》）の内弟子だったそうである。

元々手先の器用な誠治は見る見るうちに腕を上げ、彫亀に入って七年目、親方からあと三年も辛抱《しんぼう》したら、独り立ち出来るだろうと言われた矢先のことだった。

誠治には、おきみという約束を交《か》わした女がいた。

誠治とは幼馴染《おさななじみ》で、同じ裏店《うらだな》で育ったおきみは、同い年だというのに、何故か誠治のことをあんちゃんと呼び、何をするにもどこに行くにも、まるで金魚の糞《ふん》のように付きまとってきた。

そんな二人であるから、周囲《まわり》の者も二人が所帯を持つのは、ごく自然のことと思っていた。

だが、誠治には誠治の考えがあった。

十五のときから彫亀に修業に入り、あと三年辛抱すれば独り立ちが出来るのである。ならば、それを契機に、おきみの親の前で堂々と胸を張り、おきみを嫁にくれと申し出たい……。そう思っていたのである。

ところが、二人が二十二歳になった頃のことである。

その年の冬、羅宇屋《らうや》をしていたおきみの父親《てておや》が急死して、事情が一変した。

父親が女房に内緒で、いつの間にか、十両の借金を拵《こしら》えていたのである。

途方に暮れた母親は、金策のため、親戚《しんせき》や知人に頭を下げて廻った。

だが、どこもせいぜい二分か一分が限度で、掻《か》き集めても、一両にも満たなかった。

そんなとき、十両纏《まと》めて工面《くめん》してもよいと申し出たのが、米沢町《よねざわちょう》の葉茶屋《はちゃや》狭山屋《さやまや》だった。

条件は、おきみを最低五年、狭山屋が経営する水茶屋《みずぢゃや》で働かせるというものであった。

「誠さん、仕方がないじゃないか。勘弁しておくれよ。なに、五年なんて瞬く間だ。おまえだって、あと三年は彫亀で辛抱しなくちゃならないんだろう？　祝言《しゅうげん》が二年ほど延びたと思って、我慢しておくれでないか」

おきみの母親はそう言って、手を合わせた。

言われてみれば、その通りである。

おきみをそんなところにはやらないと目くじらを立ててみたところで、今すぐ、おきみを嫁に出来るわけでもなく、ましてや、誠治に十両など……。

どんなに逆立ちしても、出来ない芸当だった。

「けどよ、水茶屋といったって、いろいろあるからよ。まさか、谷中《やなか》のいろは茶屋みてェに、裏で色を売る……、つまりよ、岡場所《おかばしょまが》紛いの見世じゃねえだろうな？」

誠治はおきみの母親を問い詰めた。

「滅相もない！　狭山屋が経営する見世だよ。そんなはずがないだろうに。あたしが保証するから、おまえは安心して待ってりゃいいんだよ」

誠治はその言葉に、仕方なく諦めたのだった。

だが、諦めたといっても、誠治はおきみが実際にどんな場所で働いているのか、気になって仕方がない。

それで、外廻りに出た際、一葉《いちよう》という水茶屋を訪《たず》ねてみることにしたのである。

葉茶屋狭山屋は両国広小路から西に入った表通りにあり、一葉はそこから少し南に入った、路地の奥にあった。

店先で水茶屋一葉の暖簾が風に揺れ、外から見た感じでは、成程、常並《つねなみ》の見世にしか見えない。

それとなく風に煽られた暖簾の奥に目をやると、緋毛氈《ひもうせん》を敷いた床几が並び、茶汲女《ちゃくみおんな》が茶を運んでいる姿が見えた。

誠治は意を決すると、暖簾を掻き分けた。

「おいでなさいまし！」

茶汲女が一斉《いっせい》に声をかけてくる。

誠治は気後《きおく》れしたように入り側の床几に腰を下ろし、茶汲女が注文を取りに来るのを待った。

が、どうしたことか、待てど暮らせど、一向《いっこう》に注文を取りに来ない。

板場の前に茶汲女が棹《さお》になって並んでいるのに、ちらちらと汐《しお》の目を送ってくるだけで、誰一人、動こうとしないのである。

やがて、その理由《わけ》が解った。

誠治のあとからやって来た男が、棹になった女たちを品定めするように睨め回すと、端から三番目の女に合図を送った。

女がいそいそと男の傍に寄り、何事か耳許で囁《ささや》いた。

男はつと立ち上がると、女のあとに従い、板場脇の通路へと姿を消した。

見世の中には、床几に坐って、ただ茶を飲んでいるだけの男もいるが、一体、これはどういうことなのであろうか……。

誠治はなんとなく釈然としなかった。

すると、続いて暖簾を掻き分けて入って来た男が、先程の男と同じことをするではないか……。

どうやら、この見世では客が合図をしない限り、女のほうからは動かないようである。

そのことに気づいた誠治は、一番奥の女に向けて手を上げた。

女がすっと寄って来る。

「お茶になさいます？　それとも、水菓子？」

女が耳許で囁いた。

「水菓子？　そりゃ、一体《いってえ》……」

誠治は戸惑《とまど》った。が、女は仕こなし振りに、片目を瞑《つぶ》って見せる。

「おや、初《うぶ》な旦那だこと！　さっ、いらっしゃいな」

女が誠治の袖を摑み、板場脇の通路へと引っ張って行く。

こうなれば、最後までからくりを見届けるより手がないだろう……。

誠治がそう腹を括《くく》ってついて行くと、女は板場の奥にずらりと並ぶ、小部屋へと案内した。

女は先に立って部屋に上がると、行灯《あんどん》に灯《ひ》を入れた。

薄明かりの中、目の醒《さ》めるような緋色《ひいろ》の蒲団皮《ふとんがわ》が目に飛び込んできた。

やはり、そういうことだったのか……。

誠治の頭にカッと血が昇った。

「酒や台物《だいもの》も注文出来るけど、どうかしら？」

小太りの女が物欲しそうな目をして、にっと笑った。

「てんごう言ってんじゃねえや！　俺ャ、そのつもりはねえぜ」

誠治がどしめくと、女の顔がきっと夜叉《やしゃ》に変わった。

「てんごう言ってんのは、どっちだい！　ここまで来て、あたしに恥をかかすんじゃないよ。おまえが水菓子をくれと言うから、連れて来たんじゃないか！」

すると、水菓子とは女の身体という意味だったのだ……。

ままよ！　誠治は腹に気合いを入れた。

「解った！　銭を払えばいいんだろう？　払ってやるさ、その水菓子代とやらをよ。その代わり、教えてもらおうじゃねえか。ここに、おきみって女《おな》ごがいるだろう？　さっき、見世にはいなかったようだが、現在《いま》、どこにいる」

「おきみ？　知らないね、そんな女」

「知らねえはずがねえだろう。一廻《ひとまわ》り（一週間）ほど前《めえ》に入《へえ》った娘だ。ほら、ここ。項《うなじ》のここいら辺りに黒子《ほくろ》のある……」

「ああ、百合花《ゆりか》のことを言ってるんだね。ここじゃ、皆、花の名前がつけられるのさ。百合花なら、現在《いま》、客の相手をしているよ。あの娘《こ》もさァ、ここに来て四、五日はギャアギャア泣き喚《わめ》いてさ。真面《まとも》に客の相手が出来るようになったのは、さあて、昨日のことだろうか……。おや、おまえ、どうしようってのさ！　駄目だよ、野暮はお止《よ》し！　今、おまえがここで乱《らん》を入れたんじゃ、恥をかくのは百合花だよ。おまえと百合花がどういう関係か知らないが、あたしがあの娘《こ》の立場なら、今、おまえに騒がれたんじゃ、恥ずかしくって、大川に身を投げちまうかもしれないよ」

女のその言葉に、誠治はウッと怒りを内へと呑み込んだ。

何日も抗《あらが》い続け、ようやく宿命《さだめ》に身を委《ゆだ》ねようとしたその矢先、突如、目の前に相惚《あいぼ》れした男が現われたとしたら……。

愛《いと》しい男の前だからこそ、決して見せたくない他の男との濡《ぬ》れの幕《まく》……。

そんな醜態《しゅうたい》を晒《さら》すほどなら、いっそ、大川に身を投げたほうがという女の言葉は、ぐさりと誠治の胸を突き刺した。

誠治は女に水菓子代を払うと、御亭《ごてい》を呼べと言った。

「はて、これはまた、埒口《らちくち》もないことを仰《おお》せですな。あたくしどもではおきみの母親に十両払い、五年の年季であの娘を譲り受けました。そりゃ、うちは水茶屋ですからね。裏で何かあったとしても、しょうがないではありませんか。お客さまは先程から真っ当な水茶屋とお言いですが、へっ、うちも至って真っ当で……。何をお考えか知りませんが、水茶屋なんて、大概こんなものでございますよ」

一葉の御亭は木で鼻を括ったような言い方をした。

「じゃ、十両耳を揃えて持って来れば、おきみを返《けえ》してくれると言うんだな？　ああ、解った。今に、目に物見せてやらァ！　待ってな、すぐに十両揃えて、おめえの前に叩《たた》きつけてやるからよ！」

誠治は御亭の前で啖呵《たんか》を切り、その脚で、彫亀へと走った。

親方に何もかもを洗いざらい話し、どうあっても、十両用立ててもらうつもりであった。

幸いにも、親方は真摯《しんし》に誠治の話に耳を傾けてくれ、いずれ、おまえが独り立ちするときの祝儀《しゅうぎ》のつもりで溜《た》めていたが、そういう事情なら、少し早めに祝儀をやったつもりになろう、と快《こころよ》く金を出してくれた。

天道《てんどう》人を殺さずとは、まさにこのことである。

誠治は十両を握り締め、再び、米沢町へと走った。

「ところがよ、酷《ひで》ェ話だぜ。あの胴欲爺《どうよくじじい》、十両で譲り受けたものを、十両で手放す藤四郎《とうしろう》がどこにいようか。通常、商いなんてものは、仕入値《しいれね》に利益を乗せて売るものだろうが、と来やがった。冗談じゃねえ！　おきみは一葉に入《へえ》って、まだ一廻りしか経《た》ってねえんだぜ。話が違うじゃねえかと、俺ャ、御亭の首根っこをひっ摑まえて、どしめいてやった。別に、乱を入れるつもりじゃなかったんだが、騒ぎを聞きつけて、板場衆《いたばしゅう》や見世の女ごたちがとんで来て、俺ャ、鶏冠《とさか》に来たもんで、御亭を突き飛ばした。さあ、一つや二つはぶん殴《なぐ》ったかもしれねえ。そうこうするうちに、知らせを聞いて駆けつけて来た岡っ引きに縛り上げられちまってよ。一葉に乱を入れた罪と、御亭に怪我をさせた罪で、あっ、言っとくが、怪我といっても大《てえ》した怪我じゃねえんだ。あの糞爺《くそじじい》、蹌踉《よろ》けた弾みに足首を挫《くじ》いてよ。それを大怪我させたなんて尾に尾をつけやがって……。結句、寄場送りとなっちまったが、米沢町の親分が話の解る男でよ。事情を聞けば一葉のやりようは酷《ひで》ェもんだ。おめえはおきみのおっかさんが借りた十両を確かに返《けえ》した。この俺が証人となろう。だがよ、おめえが一葉に乱を入れ、怪我までさせちまった罪は免《まぬが》れねえ。まっ、三年、辛抱するんだな。おきみが自由の身になれたのだから、それを良しとしないでどうしようか……。そう言ってくれてよ。彫亀の親方も解って下さった。罪を償《つぐな》って来い。おめえには版木師としての腕があるんだ。帰《けえ》って来たら、一から出直すつもりで、また励めよって……」

　誠治は堪《こら》えきれずに、肩をくっくと顫《ふる》わせ、噎《むせ》び泣いた。

　みのりは煎じた正気散を湯呑に移し、そっと猫板《ねこいた》の上に置いた。

「お飲みよ。なんだか、あたしも胸が詰まされちゃった……。有難《ありがた》いね。誠治さんにはそんなに優しい親方がついていてくれるんだもの。でも、それなのに何故、こんなことになっちまったの？」

誠治がまた肩を激しく顫わせた。

「酷《ひで》ェ……、酷ェ話なんだ、これがよ……。俺が寄場送りになることで、おきみが自由の身になり、一葉も面子《めんつ》を潰《つぶ》されなくて済むというのなら、三年くれェ辛抱したって構わねえ。俺ャ、そう思ってたんだ。ところがよ、三年して、帰《けえ》ってみると、おきみ母娘《おやこ》が住んでいた裏店は蛻《もぬけ》の殻《から》……。近所の者に行き先を訊《たず》ねても、誰も知らねえというばかりでさ。あの事件があった直後、おきみのおっかさんは夜逃げ同然の恰好で、出て行ったというのよ」

「まあ、それで、おきみさんは？　おきみさんも一緒に？」

誠治は首を振った。

「裏店の連中はおきみが一葉に売られて以来、一度も姿を見ちゃいねえ。俺《おり》ャ、騙されたと思ったよ。それで、すぐに米沢町に走った。ところが、おきみは一葉にもいなかった……」

「まあ……」

「一葉の連中は俺の姿を見て縮み上がったがよ、俺ャ、見世の前で土下座《どげざ》したんだ。二度と、三年前《めえ》のようなこたァしたくなかったからよ。するてェと、俺が初めて一葉に行ったとき、俺を小部屋に案内した女……、名前は知らねえが、その女がすっと俺の傍に寄って来てよ。あの事件の後、百合花はおっかさんに引き取られて行った、詳しいことまでは知らないが、見世の客が百合花の姿を品川宿で見かけたそうで、飯盛女《めしもりおんな》の風体《ふうてい》をしていたというから、大方《おおかた》、南駅《なんえき》（品川宿）に売られたのだと思うよって、そう囁いたんだ」

「南駅……。えっ、ここ？　まあ、飯盛女に……。ということは、おきみさんのおっかさんが娘を売ったということなの？」

「今思えば、一葉のときだって、そうだったんだ。俺ャ、おきみのおっかさんを餓鬼《がき》の頃から知っているがよ、とても娘を売るような女ごにゃ見えなかった。ところが、時は人を変えるものなんだ……。裏店の連中の話じゃ、亭主に死なれてから、おきみのおっかさんの傍にはいつもごろん坊が付きまとっていたってさ。俺ャ、悔しいやら、哀《かな》しいやら……。だったら、俺の三年はどうなるってェのよ。俺ャ、無宿島でも、版木師の仕事を貰《もら》い、これまで以上に腕を磨《みが》いてきた。娑婆《しゃば》に出たとき、腕が鈍《にぶ》ったなんて思われたくなかったし、おきみと所帯を持っても食わせていけるようにと、お上《かみ》から下された手当を一銭も遣《つか》わず、せっせと溜め込んだ。それもこれも、皆、おきみを幸せにしてやりてェと思ったからなんだ。それなのに……」

誠治の頬《かち》を、涙が堰《せき》を切ったように伝い落ちた。

誠治は歩行新宿《しんじゅく》から南北両本宿《なんぼくりょうほんじゅく》にかけて、連日おきみを捜し歩いた。

そうして、一月《ひとつき》後、ようやく北本宿の水月楼でおきみを見つけたのだった。

おきみは若里《わかさと》と名を変え、張見世《はりみせ》に並んでいた。籬越《まがきご》しに、おきみと目があったときの胸の高鳴り……。

誠治は今でも忘れることが出来ない。

驚きと悦《よろこ》び、戦《おのの》きの綯《な》い交《ま》ぜになった目……。

目と目が絡《から》まり、一瞬、音という音が消えた、あの刹那《せつな》……。

「誠さん、堪忍《かんにん》……。あたし、どんなにかおっかさんを恨んだことか……。けど、あたしにはたった一人のおっかさんだもの。せっかく誠さんが身を挺《てい》して、おとっつァんの拵えた借金を皆《みな》にしてくれたのに、また、おっかさんがごろん坊に……。あたし、おっかさんを見捨てることが出来なかった。それに、一葉で、あたしの身体は汚《よご》れちまったでしょ？こんな汚れた身体で、何事もなかったかのような顔をして、二度と、誠さんの前に出られないと思ったの」

おきみは水月楼の二階で二人きりになると、畳《たたみ》に突っ伏し、泣きながら謝った。

誠治はおきみの身体を抱き起こし、ひしと力を込めた。

「莫迦《ばか》なことを言うもんじゃねえ。見なよ、俺の腕を……」

誠治は左の袖を捲って見せた。

「御帳付《ごちょうつ》きの印《しるし》だ。だがよ、身体に刻印をつけられちまったが、俺ャ、心まで汚《けが》れちゃいねえからよ。おきみ、おめえもだ。おめえの身体を何人の男が通り過ぎたか知らねえが、俺ャ、構わねえ。心まで汚れていなきゃ、それでいい。改めて訊くが、おめえ、俺のことを待っていてくれたか？」

おきみは誠治の胸の中で、うんうん、と首を振った。

「そうけェ。じゃ、三年前《めえ》のところからやり直しだ。俺もおめえもこれまでの三年は綺麗《きれい》さっぱり捨てちまおう。いっそ、餓鬼の頃まで返《けえ》ったっていいんだ。おめえ、金魚の糞みてェに、俺がどこに行こうがついて来たじゃねえか。これからも辛《つれ》ェことが山ほどあるだろうが、二人が一緒なら、怖《こえ》ェもんなんてねえからよ」

その夜初めて、誠治とおきみは新枕《にいまくら》を交わした。

だが、契《ちぎ》り合ってみたものの、現在《いま》の誠治にはおきみを身請《みうけ》する金がない。懐《ふところ》の中には、寄場で働いた手当が入っているが、せいぜい揚代《あげだい》を払うのがやっとこさっとこで、身請などとんでもない話であった。

「逃げよう！　それしかねえ……」

幸か不幸か、五ツ（午後八時）を過ぎて、品川宿界隈は荒れに荒れた。常なら、四ツ（午後十時）を廻ってもまだ人高《ひとだか》い北本宿が、ひっそりと鳴りを潜《ひそ》めている。

二人は行合橋の袂で落ち合うことにして、まず誠治が揚代を払い、見世を出た。四半刻《しはんとき》（三十分）ほど間を置いて、おきみが厠に行く振りをして、裏口から抜け出す手筈《はず》となっていた。

だが、誠治が行合橋の袂に立っていると、問屋場《といやば》のほうから男が鳴り立てる声が聞こえてきた。

続いて、おきみの絹を裂くような悲鳴……。

やべェ！

あっと思ったときには、もう駆け出していた。

案の定、おきみが両脇から抱えられるようにして、消炭たちに引きずられているところだった。

あとはもう、何がどうなったのか分からない。

気づいたとき、脇腹と肩口に鋭《するど》い痛みを覚え、誠治は地べたに押しつけられていた。

目の端に、倒れた男と、腹を押さえて蹲《うずくま》る男の姿が留《と》まった。

するてェと、あいつらは俺が……。

そう思っただけで、再び、記憶が飛んだ。

「自身番で聞いたんだが、俺ャ、消炭の一人を殺めちまったんだってな……。けど、誓ってもいい。俺ャ、匕首《あいくち》なんて持っちゃいなかった。きっと、揉《も》み合っているうちに、そんなことになったんだろうが、どっちにしたって同じさ。俺が端《はな》から計画して、おきみを足抜きさせようとしたと誰もが思ってるんだからよ。それより何より、おきみのことが心配《しんぺえ》でよ。再び、水月楼に連れ戻されたんじゃ、酷《ひで》ェお仕置きをされるに決まっているし、二度と娑婆にゃ出て来られねえからよ……。だから、俺ャ、なんとしても逃げ切って、もう一遍《いっぺん》、策を練《ね》って出直そうと思ってよ」

「あら、誠治さん、知らないの？　おきみさんがどうなったかってこと……」

「おきみがどうなったかだって……」

誠治は驚いた弾みに、激しく咳《せ》き込んだ。

みのりがその背をさすってやる。

「おきみさんね、誠治さんが捕まったのを見て、絶望したのね。消炭の手を振り解《ほど》いて、目黒川に飛び込んだのだって……」

「おきみが……。それで、どうなった？」

みのりは首を振った。

「今朝、洲崎の浜に上がったって……」

「上がった……。死んだってことか！」

みのりは黙って頷いた。

「おきみが死んだ……。死んだって？　ワッ！　俺ャ、一体《いってえ》、何をしてるんでェ！　これじゃ、俺がおきみを殺したも同然じゃねえか……。ウッ、ウッ、ウウ……」

誠治は一瞬茫然としたが、赤児のように顔を歪《ゆが》めると、ワッと畳に突っ伏した。

薬が効いてきたのか、ようやく微睡《まどろ》み始めた誠治をそのまま寝かせ、みのりは厨《くりや》に立った。

里芋《さといも》や人参《にんじん》の皮を剝《む》きながら、さまざまなことを頭の中に思い描《えが》いた。

あれほど一途《いちず》に、誠治から愛されたおきみ……。

不憫《ふびん》にも、最期《さいご》はあんな果て方をしてしまったが、身を焦《こ》がすような一夜、ようやく愛しい誠治と一つになれ、十年、いや十五年愛を成就《じょうじゅ》することが出来たのである。

だからこそ、誠治と別れ別れの人生を歩むことには二度と堪《た》えきれず、おきみは自《みずか》らの生命《いのち》を断つことのほうを選んだのであろう。

そう思うと、堪《たま》らなく、おきみを羨《うらや》ましく思った。

あたしなんて……。

義兄《にい》さんは本当にあたしのことを愛してくれているのだろうか。

あたしも、おきみさんが誠治さんを愛したように、義兄さんを愛しているだろうか。

ふっと、おふえの顔が過った。

骨張った小柄な身体を常にしゃきしゃきと動かし、客や使用人から信頼され、何より、市右衛門にとってはなくてはならない存在のおふえである。

自分は一廻りも歳《とし》の離れたこの姉に、いつも甘えてばかりいた。

姉さんを慕《した》い、姉さんのようになりたくて……。だが、どんなに逆立ちしてもなれないからこそ、歯痒《はがゆ》くもあり、小憎らしくもあった。

ああ、あたしはそんな姉さんを裏切ることに快感を覚え、だから、誘われるまま、義兄さんの胸に飛び込んでいったのだ……。

そう思うと、居たたまれなかった。

あたしは一体何をやっているんだろう！

きっと、姉さんはあたしと義兄さんの関係に気づいてるんだ。

知っていて、態《わざ》と気づかない振りをしているとしたら……。

あの目から鼻に抜けるような、おふえのことである。

品川宿の誰もが自分を義兄さんの手懸けと知っているというのに、姉さんが知らないはずがない。

ああ……、みのりは剝きかけた里芋を、ポシャリと鍋《なべ》の中に投げ入れる。

姉さんは何もかもを知っていて、あたしを手頃な玩具《おもちゃ》として、義兄さんに与えていたのだとしたら……。

済成堂の身代《しんだい》を思えば、主人《あるじ》が廓《くるわ》通いをしようが、大枚《たいまい》を叩《はた》いて遊女を落籍《ひか》せようが、寧《むし》ろ市右衛門が男を上げるだけの話であり、世間を憚《はばか》ることはない。

それを、さして金もかけずに、実の妹を与えてお茶を濁《にご》そうとするのだから、おふえという女はどこまで強《したた》かで、抜け目がないのだろう。

が、みのりは慌ててその想《おも》いを振り払った。

まさか……。

いかにしっかり者のおふえといえど、亭主を実の妹に寝取られて、心穏やかなはずがない。

　仮に、おふえが何もかもを知っていて、敢《あ》えて気づかない振りをしているとしたら、それは、おふえが済成堂の屋台骨を市右衛門やみのりよりも、より愛しているということにほかならないではないか……。

「おきみがいねえこの世なんて……。俺ャ、嫌だ！　おめえ、なんで俺を助けたんだ。とっとと自身番に突き出してくれればよかったんだ。今からでも遅くはねえ。俺ャ、ここで待ってるからよ、さっき来た親分に、さあ、通報しな！」

　おきみが亡くなったと知った誠治は、半狂乱になって泣き叫んだ。

「莫迦を言ってんじゃないの！　あたしにそんなことが出来るわけがない」

「だったら、俺も目黒川に飛び込んでやる！　おきみ、待ってな。この世じゃ添い遂げることが出来なかったが、一緒にあの世で暮らそうな……」

　そんなふうに前後を忘れた誠治……。

　みのりはそんな誠治を宥《なだ》め、気を鎮《しず》めさせたばかりなのである。

　あたしだって、いつかはあんなふうに誰かを愛してみたい……。愛されたい……。

　そのためには、いつまでもこんな生活を続けていてよいはずがない。

「いけねえや、いつの間にか眠っちまった。今、何刻《なんどき》だ？」

　誠治が目覚めたようである。

「さあ、まだ六ツ（午後六時）の鐘が鳴らないけど、薄暗くなってきたから、七ツ半（午後五時）は廻っていると思うよ」

　みのりは茶の間に戻ると、誠治の額に手を当てた。

「少し熱が引いたようだね。雑炊が出来たから持って来てやろうね。煮染《にしめ》も作ろうと思ったけど、もう間に合わないから、鯵《あじ》の干物を焼いてあげる。しっかりお腹に詰め込んでみな？　身体だけじゃなく、気持まで元気になるからさ」

　誠治が気を兼ねたように、上目遣いにみのりを見る。

　無精髭《ぶしょうひげ》こそ生《は》やしているが、端正《たんせい》な面立《おもだち》で、なかなかの色男である。

　みのりの胸がきやりと顫えた。

　誠治は行平《ゆきひら》の雑炊を八分目ほど食べ、干物は綺麗に平らげた。

「どう？　お腹がくちくなったら、今すぐにでも死にたいと思った気持が吹っ飛んだでしょう？　本当はさ、誠治さんに滋養をつけさせたくて、活きの良い魚を買おうと思ったんだけど、夕べの時化で、活き魚が手に入らなかったの。けど、干物も美味《おい》しいでしょう？　品川宿ではね、海とんぼ（漁師）のかみさんが毎日のように作っているから、年中三界《ねんじゅうさんがい》、干物に事欠くことがなくってね。さっ、お茶が入ったよ」

　みのりは焙《ほう》じ茶を淹《い》れると、猫板に置いた。

「すっかり世話になったな。これ以上、おめえに迷惑をかけちゃ拙《まず》いから、暗くなったら、出て行くよ」

「迷惑だなんて、ちっとも……。あたしさァ、思うんだ。夕べ、風で雨戸があんましカタカタ揺れるもんだから、猿《さる》でも毀《こわ》れているんじゃないかと戸を開けてみたところ、軒下に蹲った誠治さんが目に飛び込んできたでしょう？　怪我をしているみたいだったんで、とにかくお入りって声をかけたんだけど、誠治さんが他のどこでもなく、あたしんちの前に蹲っていたのは、宿命《さだめ》……。ふふっ、少し大袈裟《おおげさ》かな？　とにかく、どこかしら神仏の啓示《けいじ》のような気がしてならないの。あたしに誠治さんを助けろと神さまから言われているような気がして……。だから、あたし、何があっても、誠治さんを助ける。逃がしてあげるわ」

「逃がすって……。どうやって……」

「もう少し外が暗くなったら、あたしが四つ手（駕籠《かご》）を手配するからさ。裏口からじゃなく、表から堂々と出て行くのよ。大丈夫。旦那が来たんだけど、急な用事で帰らなきゃならなくなったからと、六尺《ろくしゃく》に嘘《うそ》を吐いておくからさ。先《せん》にも、行きのすぐに帰らなきゃならないことがあったのよ。丁度、背格好も旦那とおっつかっつ（同じ）だし、旦那の着物を着れば、夜目《よめ》には区別がつきっこないさ。駕籠のお代もあたしが前もって六尺に渡し、夏風邪を引いて加減が悪いとでも言っておくから、誠治さんはひと言も喋らなくていいのよ。ねっ、それなら、町役人に気づかれずに品川を抜け出し、神田か浅草……。そうだ、いっそのやけ、大川を渡っちまいな！　深川まで逃げ切ると、まさか、追っ手もかからないと思うからさ」

みのりは喋りながら、次第に昂揚《こうよう》してきた。

どうやら、ふっと頭を過った思いつきではあったが、話しているうちに、これほど妙案はないと気づいたようである。

「けど、俺みてェな男に、なんでそんなに親切にしてくれる」

「あたしさァ、あんたに賭《か》けた！　誠治さんを上手《うま》く逃がすことが出来たなら、きっと、あたしの人生も変わる……。そんなふうに思うんだ。あたしは手懸けになるより能のない女だけど、こんなあたしにも、もしかしたら別の生き方があるのじゃないかと思ってさ。ねっ、上手く逃げ延びることが出来たら、いつか、迎えに来てくれない？　ううん、別に、誠治さんのおかみさんにしてくれと言っているのじゃないのよ。そうじゃなくて、誰かに背中を押してもらいたいの。もっといえば、あたしが地べたにきちんと脚をつけて生きていけるように、道しるべとなってほしいの。誠治さんには版木師としての才能があるんだもの。どこに行ったって、きっと生きていける。品川宿であったことだって、人の噂も七十五日。人を殺めたといったって、日頃からお上の前じゃあんまし大きな顔が出来ない消炭ですもの。すぐに忘れてしまうでしょうよ。だから、誠治さんは熱《ほとぼ》りの冷めた頃、あたしを迎えに来てくれればいいのよ」

「そうか、おめえをな……。そう言われると、おきみを失ってもうどうでもいいやと自暴《じぼう》自棄《じき》になっていたが、なんとなく生きていく勇気が湧《わ》いてきたような気がするぜ。俺ャ、考えてみると、これまで自分のためというより、他人《ひと》のために生きてきたような気がしてならねえ。今までは、おきみのことしか考えていなかったが、そうか……、これからは、おめえをここから抜け出させようと、そのために生きていたっていいんだよな?」

誠治は憑物《つきもの》でも落ちたかのような顔をした。

「良かった! じゃ、きちんと打ち合わせをしようか」

どこかしら、みのりの声も弾んでいた。


五ツ(午後八時)過ぎ、下駄商天狗屋の前に四つ手駕籠が着き、みのりの陰に隠れるようにして、見世の中から媚茶色《こびちゃいろ》の麻布《まふ》を纏《まと》った誠治が俯《うつむ》き加減に駕籠へと続いた。

「いいかい、旦那さまは加減が悪いんだ。余計なことを話しかけると癇《かん》に障《さわ》るから、極力《きょくりょく》そっとしていておくれ。じゃ、これは本石町までの駕籠代と残りは酒手《さかて》だ。頼んだよ!」

みのりは、六尺に向けて大声で話しかけた。

六尺が頭から手拭を吹き流しにした誠治にちらと目をやり、それで納得《なっとく》とばかりに、愛想の良い声を返す。

「合点《がってん》、呑込承知之助《のみこみしょうちのすけ》!」

みのりはほっと息を吐き、四囲《しい》に目を配った。

どうやら、首尾は上々のようである

誠治には神田本石町の済成堂で一旦駕籠を降《お》り、少し間を置いて、別の駕籠を拾うようにと、そのための金も渡してある。

品川宿を抜け出ることが出来たら、逃げ延びたも同然。

あとは誠治が行きたいと思うところにいけばよい。いずれにしても、一旦、神田方面に逃げてしまえば、砂に混じった針を探すように、人捜《ひとさが》しは困難となる。

大丈夫だよね、誠治さん。どうか、逃げ延びておくれ……。

みのりはゆらゆらと揺れる駕籠《かご》提灯《ちょうちん》が小さくなるまで、佇《たたず》んでいた。

その様子を、煙草屋《たばこや》の陰から亀蔵親分が凝視《ぎょうし》していた。

「行きやしょうか」

金太が亀蔵に囁く。

亀蔵は、おうっ、と頷いた。

金太と利助が旅四手《たびよつで》の前に飛び出し、行く手を遮《さえぎ》った。

前棒《まえぼう》が驚いたように脚を止め、いきなり止まられた後棒《あとぼう》が前のめりになりながら、大声を上げる。

「置きゃあがれ！　声もかけずに、いきなり止まる置いて来《き》坊《ぼう》がどこの世界にいようかよ！」

亀蔵がゆっくりと駕籠のほうへと寄って行く。

「こりゃ、一体《いってえ》……。高輪の親分じゃ……」

六尺たちは狐《きつね》に摘《つま》まれたような顔をして、駕籠を下ろした。

亀蔵は六尺に目まじして、駕籠の外から声をかけた。

「お急ぎのところを相《あい》済みやせん。済成堂の旦那とお見受けしやしたが、ちょいと訊きてェことがありやして……。なに、手間は取らせやせん。ちょいと降りて下さるわけにはいきやせんか？」

「…………」

簾《すだれ》の中はこそりともしない。

「返事がないようなので、それじゃ、こちらから……」

亀蔵はそう言うと、はらりと簾を捲った。

誠治が手拭でさっと顔を隠す。

「生憎《あいにく》だったたな。おう、誠治、こちとら、おめえの浅知恵なんて、とっくの昔にお見通しよ！　観念して、大人しくお縄を受けな！」

誠治は諦めたのか、がくりと肩を落とした。

みのりが金切《かなき》り声を上げながら、駕籠に向かって駆けて来る。

「逃げてェ！　誠治さん、逃げてェ！」

亀蔵は誠治を金太たちに委《まか》せると、みのりの身体をはしと抱え込んだ。

「なんだよ、放《はな》してよ！　莫迦、莫迦、親分の莫迦！　この男《ひと》が何を悪いことしたっていうのさ！　おきみさんを助けようとしただけじゃないか！　あたしだって、あたしだって、この男に助けてもらうんだ！」

「天狗屋のかみさんよォ、こいつァ、人を殺めたんだ。どんな事情があるか知らねえが、そいつはお白州《しらす》で明らかになる」

「違う！　あたしはかみさんなんかじゃない。済成堂の手懸けだよ！　ふン、親分だって知っているくせに！　あたしはこの男《ひと》と逃げるんだ。放しておくれよ、放しなってば！」

みのりは亀蔵の腕の中でバタバタと足掻《あが》いた。

亀蔵が腕にぐいと力を込める。

その前を、後ろ手に縛られた誠治が潮垂《しおた》れて、通り過ぎて行く。

が、誠治は二、三歩歩くと脚を止め、みのりを振り返った。

「ご免よ。俺ャ、おめえのために生きられなくなっちまった」

「誠治さん……。ああん、ああん、誠治さァん……」

みのりは子供のように亀蔵の腕の中で泣きじゃくった。


「まあ、そうだったのですか……」

おりきは亀蔵親分の湯呑に茶を注《つ》ぎ足《た》すと、眉根《まゆね》を寄せた。

「ああ、切《せっ》ねえ話だぜ。俺《おり》ャ、いらぬおせせの蒲焼《かばやき》と知っちゃいたが、利助を本石町まで遣いにやってよ。済成堂の旦那に品川宿まで来てくれねえかと頼んでよ。そうでもしなきゃ、あの女、川に飛び込みかねないほど落ち込んじまってよ」

おりきが心配そうに亀蔵を見る。

「済成堂に誠治さんのことは？」

「おいおい、おりきさんよ、俺をそこまで不粋《ぶすい》な男と思わねえでくれよな。勿論、本当のことを言うわけがねえ。ただ、品川宿で縄抜け騒ぎがあって、みのりが巻き込まれかけたと伝えてよ。犯人《ほし》を取り押さえたのでもう大丈夫なんだが、みのりの神経が少しばかり参っているようなので、出来れば早めに覗いてやってくれないか、とそう言わせたのよ。な、なんでェ、その目は……。しょうがねえじゃねえか。取り敢えず、金太をみのりの傍につけておいたが、いつまでも天狗屋に縛りつけるわけにゃいかねえだろ？　みのりに何があったかまでは知らねえが、最後はみのりと済成堂の旦那が腹を割って話し合い、そのうえで解決することだからよ。だがよ、本石町のかみさんの目もあることだし、正な話、どうなることかとはらはらしていたのよ。ところが、案じることたァなかった。旦那がすぐさま飛んで来てよ。そしたら、みのりの奴、旦那の胸に縋りついて、まるで餓鬼みてェに泣きやがった。まっ、元の鞘《さや》に収まったというか、あの二人、いや、本石町のかみさんを含めて三人は、全て、これからが始まりってことなんだろうがよ」

「そうですわね。わたくしも天狗屋のみのりさんのことは、噂を耳にしたときから案じていました。このままの状態でよいわけがありませんもの。そう思えば、この度のことは、あの三人に今後を考えさせる意味で、寧ろ良かったのかもしれませんわね。それで、誠治さんのほうはどうなるのでしょう」

「奴ァ、今日、大番屋送りとなった。お白州で取り調べのうえ処罰が決まるだろうが、水月楼の消炭の件だけならまだしも、奴は既に御帳付きだからよ。まっ、今回ばかりは情状酌量の余地《よち》なし、死罪は免《まぬが》れねえだろうて……」

「死罪……」

「だがよ、誠治の奴、実にさばさばとした顔をしていてよ。あいつ、俺に向かって、深々と頭を下げやがった。これで思い残すことなく、おきみのもとに行けますって……」

おりきの鼻腔《びこう》に、熱いものが衝《つ》き上げてきた。

契《ちぎ》り……。

おりきは胸の奥でそっと呟《つぶや》いた。

前夜の客、玉木屋《たまきや》夫婦のことを思い出したのである。

玉木屋は浅草材木町《ざいもくちょう》の菓子屋である。

柚子《ゆず》で作った柚餅《ゆべし》が有名で、当主佐平《さへい》が一代で築《きず》き上げた見世だという。

佐平は八年ほど前、丁度おりきが二代目女将《おかみ》になったばかりの頃から、大山詣《おおやまもうで》の都度、立場茶屋おりきに宿泊する馴染客《なじみきゃく》であった。

その佐平が、今年は例年より二月《ふたつき》ほど遅れ、しかも内儀《ないぎ》のおひろを供にやって来た。

佐平はこの一年の間に随分と痩《や》せ、顔色も悪かった。

気懸《きがか》りになったおりきは、内儀を湯殿《ゆどの》に案内する振りをして、それとなく訊ねてみた。

「久しくお逢いしない間に、随分とお痩せになったように思うのですけど、どこか身体の具合でも……」

おりきが訊ねると、おひろはふっと寂《さみ》しそうな笑みを作った。

「肝《かん》の臓《ぞう》がね……。お医者さまはもう余り永くないだろうと言われます。本当は、此度の大山詣は無理だと言われたのですが、あの男《ひと》、最期《さいご》にどうしてもあたくしと詣《まい》りたいと申しましてね。あの男にも、これが最期と解っているのです。だからこそ、あたくしと……」

おひろはそう言い、紀州《きしゆう》から佐平と手に手を携《たずさ》えて、江戸に出て来たときのことを話し始めた。

「それこそ、駆け落ち同然でしたからね。あたくしたちには何もありませんでした。けれども、健康な身体と互いに信頼し合う心があれば、鬼に金棒、怖いものなしだなんて言い合いましてね、郷里《さと》の菓子を江戸で作って売ってみたらどうだろうかということになったのです。無論、最初《はじめ》は担い売りでした。ところが柚子の香りのする練羊羹《ねりようかん》が江戸者《えどもの》の口に合ったのでしょうか、瞬く間に、担い売りから屋台店《やたいみせ》、遂《つい》には新道《しんみち》に小さな見世を構えるまでになりました。その見世を持ったときのことです。あの男《ひと》、自分たちが今日《こんにち》あるのも神仏のお陰、おまえが我勢に働いてくれたお陰と言いましてね、あたくしを大山詣に誘ってくれたのです。二人でどこかに出かけるなんて、紀州から手に手を携えて出て来たとき以来でしたからね。嬉《うれ》しかった……。それで、これからは毎年、二人で大山詣をしようと約束したのですが、翌年、長男が生まれましてね。その翌年に次男が……。ふふっ、女なんて、そうそう家を空けるわけにはいきませんわ。主人もおまえが行かないのならなんて言いましてね、暫くはお詣りを諦めて商いに専念していたのですが、同業者の誘いもあり、数年前から、再び大山詣に出かけるようになりました。こちらさまにも随分と世話になったようですわね。あの男《ひと》ったら、浅草に帰って来ますと、こちらさまの話ばかりしましてね。女将を始めとして使用人の全てに気扱があり、何より、板頭《いたがしら》の料理が絶品だと、それはまあ、聞いているあたくしたちまで涎《よだれ》が出るほど、料理の一つひとつを話して聞かせてくれましてね。あの男《ひと》は立場茶屋おりきに来るのが何よりの愉《たの》しみだったのだと思います。ですから、あの男《ひと》、此度《こたび》だけはどうしてもあたくしと二人で、思い出の大山詣を再現させたかった……、あたくしに立場茶屋おりきの料理を食べさせたかったのだと思います」

おひろの目に涙が盛り上がった。

「そうでしたか……。解りました。わたくしどもでも可能な限り、お持て成しをさせていただきましょう。けれども、旦那さまのお食事はいかが致しましょう？　板頭に申しつけ、極力、身体に障らないものをお作り致しますが……」

おりきが佐平の身体を気遣《きづか》うと、おひろはいいえ、と首を振った。

「健常なときと同じもので構いません。そうしていただいても、箸《はし》をつける程度で食べ残すことになるでしょうが、このところ、家では病人食ばかりです。せっかく、立場茶屋おりきに来られたのですもの、せめて、目で愉しませてやりたいと思います」

おりきはおひろの言葉に胸を打たれた。

これが、永年連れ添った夫婦《めおと》の絆《きずな》、気扱というものなのだろう。

その夜、佐平は巳之吉《みのきち》が丹精《たんせい》込めて作った料理を、ひと箸ずつであったが、実に幸せそうな顔をして食した。

そんな佐平を瞠《みつ》める、おひろの目……。

信頼し合った、愛しい男を瞠める目であった。

「昨夜のことは生涯忘れません。あたくしね、祝言《しゅうげん》も挙げないまま今日まで来てしまいましたが、あの男《ひと》の幸せそうな顔を見て、ああ、今日があたくしたちの祝言なのだ、と思いました。これでもう思い残すことはありません。恐らく、あの男がこちらに参りますのもこれが最期となるでしょう。本当に、良い思い出を作らせていただき、こちらさまには感謝しています」

帰り仕度《じたく》をした後、おひろはわざわざ帳場までやって来て、頭を下げた。

おりきは思わずおひろの手を握り締め、黙って、その手をゆさゆさと揺すった。

おりきとおひろの視線が絡まり、その目には、互いに言葉では言い尽くせないほどの感謝の念が込められていた。

契り……。

玉木屋佐平とおひろの、たとえ誰であろうとも取って代われない、紅い糸で結ばれた絆……。

　そして、添いたくても、終《つい》しか、添えなかった誠治とおきみ……。

　この二人も、紛《まぎ》れもなく、紅い糸で結ばれていたのである。

　そのことを思えば、みのりはどうだろう。

　決して、このままでよいはずがない。

「どうしてェ、おりきさん、ぼんやりしちまってよ！」

　亀蔵の言葉にハッとおりきは我に返った。

「ご免なさい。つい、考え事をしてしまいました。そうだわ、親分、お腹が空《す》きませんこと？」

「そう言ャ、小腹《こばら》が空いてきたところだ」

「そろそろ、おきわが蕎麦《そば》を運んで来る頃でしょう。巳之吉が日夜彦次《ひこじ》さんの味を出そうと努力を重ねてくれましてね、ようやく、これはと思う味が出せたそうですの。ひとつ、試食してやって下さいな」

「おう、遂にやったか！　そいつァ、ご馳《ち》にならねえわけにゃいかねえわな。言っとくが、俺ャ、少々蕎麦には煩《うるせ》ェからよ。この俺がうんと頷けば、もうしめたもの。おっ、噂を言えば影がさす！　おきわ、待ってたぜ！」

　帳場の障子がするりと開き、盛り蕎麦を三枚重ねたおきわが、その後から、盆《ぼん》に掛《か》け蕎《そ》麦《ば》や蕎《そ》麦《ば》猪口《ちょこ》を載《の》せた杢助《もくすけ》が続く。

「なんともはや、これを全部、俺に食えってか？」

亀蔵が目を白黒させる。

おきわはくすりと笑った。

「親分と女将さん、大番頭さんの三人に食してもらおうと思いましてね。盛りと掛けがあるのは、どちらの味も試してもらいたくて、いえ、残したって構わないのですよ。ただ、感想が訊きたくて……」

「そうけえ。残せと言われても、誰が残すもんか！　俺が蕎麦に目がねえのを、おきわ、おめえだって知ってるだろうが！」

亀蔵は言うが早いか、もう、箸に手を伸ばしている。

「では、わたくしも頂きましょうかね。それはそうと、大番頭さんは？」

「今し方、中庭で見かけたような……。あっしが呼んできやす！」

杢助が飛び出して行く。

「おっ、早《はえ》ェこと呼んで来な！　蕎麦が伸びちまわァ」

亀蔵は盛り蕎麦をズッと啜り、うーんと唸《うな》った。

おきわの顔に緊張が走る。

ひと呼吸置いて、旨《うめ》ェ！

亀蔵が片目を瞑って見せた。

「おきわ、旨ェぞ！　掛け値なしに、こいつァ、彦次の、いや、もしかするてェと、彦次を抜いたかもしれねえぞ！」

　おきわの頬がほっと弛み、見る見るうちに、目に涙を湛《たた》えた。

「泣くこたァねえだろ、泣くこたァよ！」

　亀蔵はそう言うと、猛烈な勢いで、ズズッと蕎麦を啜った。

　おりきもひと口啜ってみる。

　蕎麦の香りがつんと鼻を衝き、付け汁も甘からず辛からず、申し分のない美味《うま》さだった。

「本当……。おきわ、美味しいこと！」

　今はもう、おきわの顔は、涙でぐずぐずになっている。

　この分なら、来月そうそう、彦蕎麦《ひこそば》が開店できそうである。

　彦次の遺《のこ》した蕎麦の味を、こうして、おきわが伝えていく……。

　契り……。

　喉越《のどご》しに、彦次とおきわの契りを確かに感じ、おりきはそっと指先で目頭を拭った。

秋螢

その夜はやけに寝苦しかった。

床に就《つ》くまでは、どこかしらじとりとした蒸し暑さに、おりきは明日に迫った後の月を案じたのであるが、どうやらこの分では、雨明月《あめめいげつ》となりそうである。

おりきは床に仰臥《ぎょうが》したまま、闇《やみ》の中に目を凝《こ》らし、昼間、妙国寺《みょうこくじ》の山門ですれ違った男の横顔を頭の中に描《えが》いていた。

四十絡《がら》みのその男は墓地のほうから歩いて来ると、山門を潜《くぐ》るおりきの姿を認め、つと足許《あしもと》に視線を落とした。

別におりきの視線を避《さ》けているわけでもなく、身につけた他人《ひと》への配慮なのか、男はそのまま小腰《こごし》を屈《かが》めた恰好《かっこう》で、おりきの脇をすり抜けて行った。

従って、おりきはその男の顔をしかと見たわけではない。

が、すれ違う刹那《せつな》、何故《なぜ》か、きやりと胸が騒いだ。

品のある面長《おもなが》な顔に、端正な目鼻立ち……。

殊《こと》に、切れ長な涼しげな目許《めもと》に、まるで古くからの見知人《みしりにん》であるかのような、そんな懐《なつ》かしさを覚えたのである。

そして、男が去った後、ふわりとおりきを包み込むように漂《ただよ》ってきた、芳醇《ほうじゅん》な香木《こうぼく》の香り……。


匂《にお》い袋のようだが、どうやら、先代の女将《おかみ》おりきが好んで着物に焚《た》きしめた、伽羅《きゃら》の香りのようである。

あっと、おりきは男が去ったほうに目をやった。

だが、男は今まさに山門を右に折れようとしているところで、銀杏髷《いちょうまげ》の先がちらと目に留《と》まったきり、それすら、すぐに目の端《はし》から消えてしまった。

まさか、あの方が、先代の遺《のこ》した一人息子の國哉《くにや》さま……。

そんな想《おも》いが、一瞬のうちに、おりきの脳裡《のうり》を駆け抜けた。

だが、確信もないのに追いかけて行き、声をかけるのも憚《はばか》られる。

おりきは逡巡《しゅんじゅん》しながらも、迷いを吹っ切るようにして、先代の墓地へと入って行った。

ところが、墓の前に来て、おりきは再びあっと息を呑《の》んだ。

花立《はなたて》に、たった今供えられたばかりと思える、色とりどりの瑞々《みずみず》しい菊の花……。

煙の立ち上る線香の長さから見て、まだ、さほど時は経《た》っていない。

やはり、先程の男は國哉さま……。

おりきは手桶《ておけ》に入れて持参した草花の中から、桔梗《ききょう》だけ抜き取ると、菊の脇にそっと挿《さ》し込んだ。

「女将さん、國哉さまがお詣《まい》り下さり、ようございましたね。わたくしも嬉《うれ》しゅうございます。母子《おやこ》でゆっくりお話し出来ましたか？」

おりきは墓前で手を合わせ、九月初めに彦蕎麦《ひこそば》が無事に店開きをしたことや、おきわが肩肘《かたひじ》を張りながらも蕎麦屋《そばや》の女将として懸命に我勢《がせい》していること、茶屋や旅籠《はたご》の商《あきな》いも至って順調であることなどを細々《こまごま》と報告し、再び國哉へと思いを馳《は》せた。

「そうでしたわね。わたくし、何故もっと早くに気づかなかったのでしょう。そうすれば、國哉さまとお話しすることが出来たかもしれませんのにね……」

おりきは渦《うず》を巻きながら昇っていく線香を瞠《みつ》め、ぽつりと呟《つぶや》いた。

先代が裁《た》ち下ろしの着物に、決まって、伽羅を焚きしめていたことを思い出したのである。

ああ……、國哉さまは匂い袋というより、先代同様、着物そのものに香りを焚きしめていたのだ。

だが、母子とは、なんと不思議な縁《えにし》で結ばれているのであろうか……。

國哉を産んですぐさま白金屋《しろがねや》から姑去《しゅうとざ》りされてしまった先代には、我が子に仕来《しきた》りのひとつ教え込むことも出来なかったであろうに、習《なら》い性《しょう》とでもいうのか、誰に教わるともなく、國哉は母の習癖をしっかと受け継いでいたのである。

しかも、数ある香木の中で、國哉が選んだ香りが白檀《びゃくだん》でも沈香《じんこう》でもなく、伽羅だとは……。

幾分、香りが芳烈に鼻を衝《つ》いたのは、國哉の纏《まと》った上田縞《うえだじま》の袷小袖《あわせこそで》が、裁ち下ろしてまだ間がないからであろう。

裁ち下ろしの着物が身体《からだ》に馴染《なじ》むにはまだ暫《しばら》くときがかかり、それと共に焚きしめた香りも消えていくものである。

先日、おりきも重陽《ちょうよう》（九月九日）に合わせ、袷から袷小袖に衣替《ころもが》えしたばかりだが、水《みず》浅葱色《あさぎいろ》の亀甲小紋《きっこうこもん》は裁ち下ろしというわけではなく、何かと忙しさにかまけ、香を焚きしめることを忘れていた。

おりきは國哉を通して、先代から強《した》たかに頬《ほお》を打たれたような想いに忸怩《じくじ》とし、妙国寺から戻ると、すぐさま、着物に香を焚きしめたのだった。

おりきは闇に目を据え、呟いた。

あの方が、國哉さまだったのだ……。

おりきの目が熱いもので覆《おお》われる。

國哉さまとは、またいつか、どこかで巡《めぐ》り逢《あ》うことがあるかもしれない。

そのときは、今度こそ、思い切って声をかけ、在《あ》りし日の先代の姿や思い出話を聞かせてあげよう。

あの方も心の底でそれを望んでいるから、幼い頃別れたきりの母を想い、ああしてお詣りするのだろうから……。

考えてみれば、先代はなんて果報者《かほうもの》なのだろう。自《みずか》らの手で育てることが出来なかったとはいえ、腹を痛めた我が子をこの世に遺すことが出来たのだもの……。

そう思うと、おりきはふっと身を切り裂くような、寂《さみ》しさを覚えた。

が、敢《あ》えてその想いを振り払う。

ああ、わたくしはなんてことを考えていたのだろう。

おきちの顔が過《よぎ》り、三吉《さんきち》の顔が過る。

そうして、巳之吉《みのきち》、おうめ、おまき……と、立場茶屋《たてばぢやや》おりきで支え合う、家族の一人一人の顔が次々に過っていった。

わたくしにはこんなにも愛《いと》しい家族がいるではないか……。

そんなことを考えていると、いつしか微睡《まどろみ》へと入っていった。

が、耳許《みみもと》で、誰かが囁《ささや》いたように思え、はっと、おりきは目を開けた。

辺《あた》り一面、濃い霧に包まれている。

一体、ここは……。

慌《あわ》てて、頭を持ち上げようとするが、身体が硬直したようで、身動きが取れない。

「おりきどの……」

霧の中から、今度はしっかりとした声で、再び呼びかけられた。

低いが、よく響く、男の声である。

「鬼一郎《きいちろう》さま……。いえ、馬越《まごし》さま、右近介《うこんのすけ》さまですのね！」

おりきは声のするほうに向かって、必死《ひっし》に声を振り絞った。

だが、どうしたことか、声が出てこない。

「あっ、あっ、あ……」

おりきは喉元《のどもと》に手を当て、身悶《みもだ》えしながらも、霧を凝視《ぎようし》した。

すると、まるで入道雲のように霧がもくもくと動き始め、おりきの身体をすっぽりと包み込んできた。

身体の端々《はしばし》にまで、柔らかく、真綿《まわた》で包まれたような温かさが伝わってくる。

それは、母の胎内《たいない》でたゆとう心地《ここち》よさのようでもあり、父の背にそっと頰を寄せる安心感のようでもあったが、どちらかといえば、愛しい男の胸に抱き締められる、あの甘く、狂おしいまでの至福感……。

ああ、現在《いま》、わたくしは鬼一郎さまの胸に抱かれている……。

おりきは鬼一郎を五官に感じた。

目に見えなくてもいい、声に出せなくてもいい、どうか、このまま至福のときが続きますように……。

そう思った刹那、突如、霧が搔《か》き消え、闇の中に突き放たれた。

薄闇《うすやみ》の中、目に映るものは、見慣れた帳場の天井や壁。

明かり取りから白々《しらじら》とした一条の光が射《さ》し込んでいるのは、夜が白み始めたからであろう。

夢だったのだ……。

三百落としたような想いに、おりきは茫然《ぼうぜん》とした。

鬼一郎さま……。

おまえさま、わたくしに逢いにおいでに……。

おりきの背を冷たいものがさっと駆け下りた。

「あっ……」

まさか……。

如月《きさらぎ》鬼一郎が、いや、馬越右近介が本懐を遂《と》げ、この世を去った……。

もしかすると、鬼一郎はおりきにだけ解《わか》る方法で、別れを告げに来たのではなかろうか。

とはいえ、確信があるわけではない。

が、おりきには何故かそう思えてならなかった。

板場のほうから、人の話し声が聞こえてくる。

どうやら、板場衆が魚河岸に出る仕度《したく》をしているようである。

おりきはゆっくりと身体を起こすと、明かり取りを開けた。

中庭はまだほの蒼《あお》い薄靄《うすもや》に包まれている。

七ッ半（午前五時）には、まだ少し間があるようである。

ほの蒼い薄衣《うすぎぬ》で包まれた庭の中、黒々として見えるのは、庭木や夜明けと共に花を開こうとする、草木の塊《かたまり》であろうか。

その中にあり、そこだけぼんやりと霞《かす》んで見えるのは、たった今花を開いたばかりの白《しろ》芙蓉《ふよう》に違いない。

たった一輪、陽の昇る方向に向け、早々と花を開いている。

おりきの目に、つっと熱いものが駆け上った。

散りゆくものと、花咲こうとするもの……。

おりきの頬を、涙が止め処《ど》もなく伝い落ちた。


「雨雲が割れて、空が明るくなってきたぜ。この分なら、今宵《こよい》はよい月見となりそうだ」

「へっ、有難《ありがて》ェこって。それでなきゃ、うちは商売上《しょうべえ》がったり」

「何を言ってやがる！　月見客なんてェもんは、お天道《てんとう》さまにゃ関係ねえのよ。雨が降れば降ったで、雨明月もこれまた風情《ふぜい》がとかなんとか曰《のたま》って、雨月《うげつ》を肴《さかな》に一献《いっこん》傾けるって算段だろうが！　大嵐《おおあらし》にならねえ限り、品川宿は今宵も予約客で一杯《いっぺい》だ。なっ、ここだってそうだろう？」

「ええ、まっ、そりゃそうなんですが……。けれども、ご安心下さいませ。親分の席はちゃんと茶室のほうに用意させていやすから」

中庭で亀蔵《かめぞう》親分と大番頭の声がしたかと思うと、帳場の障子がガラリと開いた。

「おっ、入《へえ》るぜ。おりきさんよ、今、大番頭から聞いたが、今宵の月見は茶室だって？　俺《おり》ャ、おめえさんから後の月に誘われたもんだから、てっきり、客室に空《あ》きが出来たものと思っていたが、なんでェ、そういうことなら無理しねえでもよかったのによ」

亀蔵はせかせかと長火鉢のほうに寄って来ると、どかりと胡座《あぐら》をかいた。

おりきが茶筒の蓋《ふた》を開けながら、ふふっと肩を揺する。

「あら、名残《なごり》の月見（後の月）を観《み》ないのでは、片月見《かたつきみ》になると大騒ぎをなさったのは、どこのどなたかしら？　いえね、茶室を使ったらどうかと言い出したのは、おきちでしてね。あの娘《こ》ったら、茶室の掃除から床の間の花まで、全《すべ》て一人でやりましたのよ」

「おきちが？　ほう、そうけえ。そう言われれば、茶室で月を愛《め》でるのも、なかなか乙《おつ》なもんだ。けどよ、まさか、俺一人が茶室で月を愛で、ちびちび酒をってなわけじゃねえだろう？　それじゃ、幾《いく》らなんでも……」

「大丈夫にございますよ。わたくしは客室がありますので、ずっと親分についているわけにはいきませんが、八卦見《はっけみ》の妙斉《みようさい》さまもお呼びしていますし、大番頭も親分に付き合うと言っています。酒肴《しゆこう》は客室と同じに致《いた》しますので、親分に不自由な想いをさせることはありませんわ。それに、おきちが今宵は茶室を自分の担当にさせてくれないかと申しましてね」

「八卦見の妙斉だって！　おいおい、また、あの男と一緒かよ」

亀蔵が唇《くちびる》をへの字に曲げ、不服そうに顔を顰《しか》める。

亀蔵と八卦見の妙斉は、どういうわけか反《そ》りが合わない。

犬猿《けんえん》の仲とまでいかないまでも、たまたま立場茶屋おりきの帳場で鉢合わせになると、互いにそっぽを向いたきりで、その反動というのでもないのだろうが、競《きそ》ったように、おりきに話しかけてくるのである。

「あの野郎、ここ一年ばかし見かけなかったもんで、遂《つい》に、焼廻《やきまわ》っちまったかくたばっちまったかと思っていたが、なんのこたァねえ、深川に嫁に行った娘のところに行ってたんだって？　ふン、娘のところでもあの世でもいいからよ、いっその腐れ、永遠に行っちまってくれたらよかったのによ。あのしみったれの風吹烏《かざふきがらす》が！　いけしゃあしゃあと、また舞い戻って来やがった。どうせ、てめえが吝《しわ》ん坊なのを棚に上げ、四の五の他人《ひと》のことに差出《さしで》して、娘に愛想《あいそ》尽《づ》かしされたのが関の山だろうがよ、傍迷惑《はためいわく》なのはこちとらよ！　せっかく風通しが良くなった品川宿が、またまたあの野郎にかき乱されると思ったら、堪《たま》んねえよ！」

亀蔵が鼻の頭に皺《しわ》を寄せ、糞《くそ》を味噌《みそ》に扱《こ》き下ろす。

「親分！」

おりきは子供を叱《しか》るように、亀蔵を目で制した。

「妙斉さまのことをそんなふうに言うものではありませんわ。妙斉さまは産後の肥立《ひだち》が悪かった娘さんの世話をするために行かれたのですからね。病《やまい》の娘と生まれたての赤児の世話をされ、その甲斐《かい》あって、二人とも健康を取り戻せたというのですもの、頭の下がる想いです。今宵は、妙斉さまの慰労をかねての月見でもあるのですよ」

「おお、そうけえ。なら、俺は付け足しってわけか」

「また、親分はそういうことを……。そんなにわたくしを困らせないで下さいまし」

おりきがつと眉根《まゆね》を寄せる。

「いや、俺ャ、別に、おりきさんを困らせようなんて……。へえ、そうけえ、おきちが茶室の接待をするんだって？　へへっ、あいつ、いっぱしに三代目女将にでもなったつもりかよ」

亀蔵がおりきの顔色を窺《うかが》い、慌てたように取り繕《つくろ》う。

「この頃は、お茶の稽古《けいこ》にも身が入りますのよ。作法も少しずつ教えていこうと思っています」

おりきは気を取り直し、亀蔵の湯呑《ゆのみ》に茶を注《そそ》ぐ。

「そいつァ目出度《めでて》ェ話じゃねえか。なんにしたっていいこった。おっ、そう言やよ、今し方、ちょいと彦蕎麦を覗《のぞ》いて来たんだが、客の入りは上々だ。ただ、注文を受けて蕎麦が出てくるまで、少々手間取るのが難点だがよ。が、まだ開店して二廻《ふたまわ》り（二週間）も経たねえんだ。そのうち慣れるだろうが、おきわも大変《てえへん》だ。ペコペコ客に頭を下げて廻ってよ。それが女将の務《つと》めとはいうものの、辛《つれ》ェんだろうよ。俺と目があった途端、おきわの奴、泣き出しそうな顔になっちまってよ。それで、俺がいたんじゃおきわもやり辛ェだろうと思って、こうして這々《ほうほう》の体《てい》で逃げて来たんだが、おりきさん、おめえさんもちょいと覗いてみてやっちゃどうだえ？」

亀蔵が小さな目を見開いて、おりきの顔を睨《ね》めつける。

「いえ、それは止《よ》しましょう」

おりきは間髪《かんはつ》を容《い》れずに答えた。

「わたくしがここで顔を出していたのでは、なんのためにおきわに見世《みせ》を持たせたのか分かりません。おきわが一人で、一つひとつの難局に立ち向かい、自らの手で乗り越えていくより手がないのですもの。無論、おきわから相談があれば悦《よろこ》んで乗りますし、おきわ一人ではどうにも手に余るようなことでもあれば、わたくしが出て参ります。けれども、まだ現在《いま》はそのときではありません。わたくしが先代から立場茶屋おりきを引き継いだときも、そうした遅々とした歩みの中で、女将としての自信をつけていきましたのよ。ですから、大丈夫ですよ、おきわなら！　わたくしはあの娘《こ》を信頼しています。おや、どうしました？　解《わか》りましたわ。では、おきちはどうなのかと言いたいのですね？　おきちはまだやっと十三歳の子供です。教わらなければならないことが山とありましょう。それにね、わたくしはまだおきちを三代目と決めたわけではないのですよ。ただ、この先、おきちが女将を継ぐことになろうと、また、他家に嫁《とつ》ぐことになろうと、あの娘《こ》にはどこに出しても恥ずかしくないだけの躾《しつけ》をしてやりたいと思っているのです」

「全《まった》く、おめえさんは一を聞いて十を知る女《おな》ごよのっ。俺が言いてェことを全て解ってやがる。が、おめえさんの言うとおりでェ。先代もおめえさんに女将の座を託したが最後、一切、口を挟まなかったもんな。見かねて、俺が少しは手を貸してやっちゃどうかと差出口《さしでぐち》を叩《たた》こうものなら、あの娘《こ》はあたしが女将の頃から、女将という立場がどんなものなのか、全てを見知っています。今更《いまさら》教えることもなければ、口を挟むつもりもない。これからは二代目の時代だ。二代目は二代目なりに、立場茶屋おりきを自分の色に染めていけばいいのです……。とまあ、今のおめえさんと同じようなことを言ってよ。だが、先代の目に狂いはなかったぜ。見なよ、現在《いま》の立場茶屋おりきを！　俺ャ、寧《むし》ろ、先代の頃より現《い》在《ま》のほうが好きなくれェだ。おりきさん、おめえさんは偉《えれ》ェよ。先代の教えや伝統を護《まも》り、そのうえで、おめえさんにしか出せねえ温けェ雰囲気を出しているんだもんな。よく解ったぜ。俺ャ、今後、何があろうと、彦蕎麦のことにゃ口を挟まねえ」

「あら、蕎麦は食べてやって下さいませね」

「当た坊よ！　蕎麦食いの俺が食わねえでどうしようってェのよ！　おっ、そう言ャ、慌てて見世を飛び出しちまったもんだから、遂に食いそびれてしまったぜ。いけねえや、途端に小腹が空《す》いてきやがった！」

亀蔵が戯《おど》けたように言うと、腹の蟲《むし》が待ってましたとばかりに、クウッと答える。

「あらあら、大変……」

おりきは笑いを嚙《か》み殺し、古伊万里《こいまり》の鉢に盛った衣被《きぬかつぎ》を猫板《ねこいた》の上に置いた。

「茹《ゆ》でたてではありませんが、おひとついかがですか？」

「おっ、衣被か！」

亀蔵の顔がでれりと弛《ゆる》む。

そこに、大番頭の達吉《たつきち》が飛び込んで来た。

「て、大変《てえへん》でェ！」

「野郎！　達の大かぶりが！　この世にそうそう大変《てえへん》なことが転がってるわけがねえ。何があったか知らねえが、まあ落着きなっつゥのよ」

亀蔵は横目でちらと達吉を流し見ると、がぶりと衣被に食らいついた。

「うん、旨《うめ》ェ。冷めても旨ェのが、こいつのいいところだ。で、何があった？」

「何がって……。ああ、大変《てえへん》なんですよ。おきわがごろん坊に絡まれちまって……」

達吉はどうやら自分でも何が大変なのか分からなくなったとみえ、言いながら、あれっと首を傾《かし》げる。

が、ごろん坊という言葉に反応したのは、亀蔵であった。

「なんだって！　おきわがごろん坊に？　おめえ、何故それを早く言わねえ！　で、奴ら、まだ見世にいるんだな？　暴れてるのか？　おきわが何をされた？」

亀蔵は口に銜《くわ》えた衣被を放《ほう》り出し、腰から十手をさっと引き抜いた。

その剣幕に、達吉のほうが挙措《きょそ》を失った。

「いや、そのう……。それが、もう収まりやして……」

「収まっただと？　おう、どういうことなのかよォ！」

「親分、まあ、落着きましょうよ。大番頭さんが収まったと言っているのですもの、少し落着いて話を聞きましょう」

おりきはそう言うと、達吉に坐《すわ》るようにと目まじする。

亀蔵も狐《きつね》に摘《つま》まれたような顔をして、再び、どかりと腰を下ろした。

「さあ、どうしました？　最初《はじめ》から解るように話して下さいな」

「へえ、それが……」

達吉はまるで自分が失態でも犯したかのように肩を丸め、彦蕎麦であったことを話し始めた。

「それが、一目《ひとめ》でごろん坊と判《わか》る奴らでやして……。三人連れで来たのでやすが、杢助《もくすけ》が言うには、中の一人が先《せん》に朝日楼《あさひろう》の消炭《けしずみ》をやっていた男だそうで、恐らく、清水横丁《しみずよこちょう》か御殿山下《てんやました》の丁半場《ちょうはんば》に出入りする鉄火打《てっかうち》でやしょうが、これがまた、三人の注文がばらばらでしてね。板わさや出汁《だし》巻卵《まきたまご》を肴に銚子《ちょうし》を六本も空け、それから、盛《も》り、掛《か》け、鴨蕎麦《かもそば》ときた。ところが、親分も知っていなさるでしょうが、中食《ちゅうじき》どきはとっくに過ぎたというのに、今日はやけに見世が立て込んでやしてね。杢助が朝から休む間もなく蕎麦を打ち続けていたのですが、遂に、品切れとなっちまった。注文を受けても、暫《しばら》く待ってもらわねえと、右から左へと出せねえ状態となっていやしてね。それで小女《こおんな》がその旨《むね》を伝え、それでも構わないかと訊《き》いたんだが、連中は酒を飲んでいるもんだから、ああ、それでも構わねえ、と答えた。ところが、その舌の根も乾かねえうちから、連中の一人がらっちもねえ物ぐねりを始め出してよ。蕎麦がねえとは妙じゃねえか、自分たちより後から来た客が食っているのは、どう見ても蕎麦だろうが！　するてェと何か？　俺たちに食わせる蕎麦だけがねえということかよ、とこんなふうに乱を入れ始めましてね。連中より後から来た客が蕎麦を食っているのは、当然だ。なんせ、奴らは尻に根が生えたみてェに一刻《いっとき》（二時間）近くも粘って、飲んだくれてるんだからよ。その間に、何人の客が蕎麦を食って帰《けえ》っただろうか……。おまちという小女もまだ客あしらいに慣れちゃねえからよ、申し訳ありませんと頭を下げるばかりで、遂には泣き出しちまった。そこへ、おきわが銚子を手に現われた。なんと、おきわは実に堂々としていたそうで……。いや、これも杢助が言っていたことなんですがね。おきわは仕込みが遅くなって済まないと素直に頭を下げ、この銚子は見世の奢《おご》りとさせてもらうので、蕎麦が打ち上がるまでお待ち下さるか、または、注文を取り消して下さっても構わない、と言ったそうだ。するてェと、ふン、なんのこたァねえ。銚子を見て連中の態度がころりと変わってよ。見世の衆もほっと胸を撫《な》で下ろした。ところが、そうは虎《とら》の皮……。蕎麦が打ち上がり、小女が注文通りに運んだところ、奴ら、またもや、難癖をつけやがってよ。鴨蕎麦なんぞ頼んでねえ、盛りを一つに掛け二つと言ったはずだが、てめえの見世じゃ、掛けより四文高《たけ》ェ鴨蕎麦を強引に売りつける気か！　阿漕《あこぎ》な真似をされたんじゃ、黙って引き下がるわけにはいかねえ……、とこう来たのよ」

　達吉は一気に捲《まく》し立て、ふうと肩息《かたいき》を吐《つ》いた。

「てんごう言ってんじゃねえや！　それじゃ、小女が注文を聞き違えたってことになるじゃねえか」

亀蔵が芥子粒《けしつぶ》のような目をカッと見開く。

「それで、おきわはどうしました？」

おりきが訊《たず》ねると、それが大《てえ》したもんで、と達吉は自分のことのように鼻蠢《おごめ》かした。

「おきわは動じなかった。これは失礼いたしました。お客さまの注文はおまちだけでなく、あたくしや他の者にも聞こえていましたので、てっきり盛り、掛け、鴨とそれぞれ一つずつと思いましたが、お客さまが鴨蕎麦でなく、掛け二つと言われたとおっしゃるのでしたら、あたくしどもの聞き違えにございましょう。おきわはそう言うと、新たに掛蕎麦を運んで行った。ところが……」

「おいおい、まだあるのかよ！」

亀蔵が大声を上げると、達吉は取ってつけたように、顰《しか》め面《づら》をして見せた。

「今度は、盛りを食っていた男が埒口《らちくち》もねえことを言い出しやがった。蕎麦《そば》猪口《ちょこ》の中に蠅《はえ》が入《へえ》っていたと箸《はし》の先で摘み上げてよ。てめえの見世じゃ、客に蠅を食わせようって魂胆《こんたん》かと……。へっ、遂に、奴ら、本性《ほんしょう》を現わしやがった。大方、詫《わ》びだとおまけしてもらった銚子に味を占め、今度は金でもせしめるつもりだったんだろうが、そうは問屋が卸《おろ》さねえ。こと蠅となったら、おきわもそうそう甘《あめ》ェ顔をしていられねえからよ。おきわはつつっと奴らの前に出ると、お客さま、少々無体が過ぎやしませんか……、とこうきた。蕎麦を出すのが遅いだの、注文が違うだのとおっしゃる分には、こちら側にも落度《おちど》があるのだろうと、分《わか》ちをつけるつもりで、詫びを入れた。だが、蕎麦猪口に蠅が入っていたと言い掛かりをつけられたのでは、黙って引き下がるわけにはいかない。彦蕎麦はまだ普請《ふしん》したばかりで、見世ばかりか板場の隅々まで清潔そのもの。蝿どころか油虫一匹いやしない。なんなら、板場をご覧《らん》に入れますよ。おきわはそう言うと、他の客に向かって、どなたかうちの見世で蝿が飛んでいる姿を見かけましたか？　と訊ねて廻った。ヘン、このところ朝晩めっきり肌寒くなってきた九月も半《なか》ばのことだぜ。そんなもん、いるわけがねえ！」

「ほう、おきわもやるじゃねえか」

「親分、それだけじゃねえんだ。おきわの奴、それでも納得がいかないというのなら、丁度、隣の旅籠に高輪《たかなわ》の親分が来なさっている。なんなら、親分に間に入ってもらい、訳《わけ》が立つように分ちをつけてもらってもいいんですよ、と畳《たた》みかけたのよ」

「まあ、おきわがそんなことを……」

おりきは驚くと同時に、可笑《おか》しくもあった。

確かに、亀蔵は現在《いま》ここにいる。

が、それは別に彦蕎麦でひと悶着《もんちゃく》あると見越したからではなく、例によって例のごとく、おりきの顔を眺めながら一服するつもりで、現に、たった今、亀蔵は衣被に食らいついていたのである。

「だが、親分の威力は大《てえ》したもんですぜ。高輪の、と聞いただけで、奴ら、雲を霞《かすみ》と逃げ出しちまった」

「おっ、待ちな。ちゃんと代金を払ったんだろうな？」

「勿論《もちろん》のことよ！　食い逃げなんてことをした日にゃ、それこそ、親分にこっぴどく締め上げられる。杢助の奴、てめえの蕎麦打ちが遅れたせいで乱が入《へえ》ったと、肝《きも》を冷《ひや》したんでしょうな。訳がついて安堵《あんど》したのか、たまたま彦蕎麦を覗いたあっしを摑《つか》まえ、竹に油を塗ったみてェに喋《しゃべ》りやしてね。あっしもおきわの度胸には驚いたのなんのって……。これはなんでも女将さんに報告しなきゃと思い、急いで帰《けえ》って来やした」

達吉は余程からついたとみえ、鉄瓶《てつびん》の湯を湯呑に注《つ》ぐと、白湯《さゆ》のまま、ぐびぐびと喉《のど》を鳴らした。

「どうでェ、おりきさんよ、おきわも女将として腹が据わってきたじゃねえか。おきわの処置《しょち》はあれでよかったんだろう？」

亀蔵が満足そうに、小鼻をぷくりと膨《ふく》らませる。

「ええ、恐らく、わたくしもおきわと同じことをしたと思います。けれども、今日はたまたま親分がこちらに見えていたので、万が一の場合にも対処できたでしょうが、仮に、親分がいらっしゃらないとしたら、果たして、おきわはどのような処置をしたでしょうか」

「そりゃ、そのときは、おりきさんの出番だろうが。俺には十手という心強《こころづえ》ェもんがあるがよ、おりきさん、おめえにはこれがあるからよ！」

亀蔵が片手でもう片方の腕を摑み、捩《ねじ》り上げて見せる。

「寧ろ、十手なんぞより、こっちのほうが威力があるかもしれねえぞ！」

「まっ、親分！」

おりきがめっと亀蔵を睨《にら》む。

だが、亀蔵の言うとおりなのかもしれない。女が前面に立つということは、背後にある見世や使用人を護ることであり、それには後ろ盾となる亭主や用心棒が不可欠となるが、後ろ盾のないおりきには、幼い頃より身に着《つ》けた柔術だけが頼りであった。

が、おきわにはそれがない。

結句、おりきが後ろ盾となってやる以外に方法はないのである。

「だがよ、俺ャ、ちょいと気にかかることがあってよ。おっ、達っつァんよ、杢助が見たことがあるという、先に朝日楼の消炭をやっていたという男、ここら辺りに刀傷はなかったか?」

亀蔵が左の頰をすっと指で撫で下ろす。

「ええ、確か、そんなことを言っていたような……」

「そいつァ、チョロ安だな」

「チョロ安?」

「安三《やすぞう》というのだがな。豆腐《とうふ》のような身体をしてやがるくせして、小賢《こざか》しく立ち回る、ちょろっかな奴でよ。それで朝日楼でそう呼ばれるようになったのだが、奴ァ、他の連中からつけにされる（馬鹿にされる）のが嫌になったか、いつの間にか姿を消した。博徒《ばくと》とつるんでいると噂《うわさ》にゃ聞いたが、そうけえ、チョロ安か……。そいつァ、ちと……」

亀蔵が渋面《じゅうめん》をつくる。

「何か……」

おりきが訝《いぶか》しそうに首を傾げる。

「チョロ安だとすれば、裏に堺屋《さかいや》がいると見ていいな」

「堺屋ですって！　何故にまた……」

おりきは息を呑んだ。

彦蕎麦は茶飯屋《ちゃめしや》一膳《いちぜん》の跡地に建てた見世である。

一膳の跡地を手に入れようと、堺屋と幾千代《いくちよ》の間で鬩《せめ》ぎ合い、結果、門前町の店頭《たながしら》近江《おうみ》屋《や》忠助《ただすけ》が采配《さいはい》を振り、幾千代の所有地となったと聞いているが、では、堺屋はそのことをまだ根に持って、幾千代から土地を譲り受けた彦蕎麦に嫌がらせをしようとしているのだろうか。

「堺屋の下足番銀六《ぎんろく》を知っているだろう？　実はよ、数日前《めえ》のことなんだが、その銀六が南北の傍示杭《ぼうじぐい》のところでチョロ安と何やら深刻な顔をして話し込んでいやがった。俺ャ、十手持ちの勘で、どことなく剣呑《けんのん》な気配を感じてよ。だがよ、その時点では、堺屋とチョロ安を繋《つな》ぐものが何ひとつ思いつかず、それでつい見過ごしちまったが、これで読めた。あのチョロ安なら、南鐐《なんりょう》（二朱銀）の一枚《いちめえ》でも握らせりゃ、なんだってやってのける。そう言う吝嗇《けち》な野郎なのよ」

「じゃ、堺屋の銀六がチョロ安を使って、彦蕎麦に嫌がらせを？　滅相界《めっそうかい》な！　そんな目《め》垂顔《だれがお》（卑怯《ひきょう》）な振る舞いをしてまで胸晴《むねはらし》をしようなんて、大店《おおだな》のすることじゃねえ。このことを、堺屋の旦那は知っているのでしょうか」

達吉が顔を真っ赤に染め、ぶるぶると怒りに顫《ふる》える。

「さあて……、あの狸《たぬき》が！　仮に知っていたとしても、下足番が勝手にしたことだとかなんとか空惚《そらとぼ》けるだろうて。が、心配《しんぺえ》すんな。そうと判ったら、俺が銀六に、いや、直接旦那に釘《くぎ》を刺しとくからよ。二度と、こびた真似はさせやしねえ。胸糞《むなくそ》が悪かろうが、今日のこたァ大事《おおごと》にならずに訳がついたんだ。まっ、胸を押さえて、ひとつ、おきわの手柄《てがら》を褒《ほ》めてやるこった」

亀蔵がおりきに、委《まか》せときな、と目まじする。

天に口あり……。

堺屋栄太郎《えいたろう》が、そのことに気づいてくれるのは、どうやら、まだ先のことのようである。

おりきはざわりと揺れた胸の漣《さざなみ》を鎮《しず》めると、亀蔵に二番茶を淹《い》れてやった。


一旦高輪に戻り、日が暮れてから改めて後の月に顔を出すという亀蔵を見送り、おりきは裏庭を通って、彦蕎麦の水口《みずぐち》へと廻った。

先には、立場茶屋おりきの敷地と茶飯屋一膳の境《さかい》は四つ目垣で仕切られていたが、現在《いま》は、境界と思える箇所に三吉の彫った石地蔵があるきりで、裏庭に作った子供部屋からほんの少し歩くだけで、もう彦蕎麦の裏口へと入って行く。

石地蔵は三吉が河原から集めて来た石を積み上げて造ったもので、誰が言い出したというわけでもないのだが、いつしか、彦次《ひこじ》の地蔵、彦地蔵《ひこじぞう》と呼ばれるようになっていた。

立場茶屋おりきの中庭にも、旅籠から茶屋に抜ける通路に、やはり、三吉の造った、おたかと又市《またいち》の地蔵がある。

石を磨《みが》き、目鼻を彫り、歪《いびつ》ではあるが、なんとも微笑《ほほえ》ましい地蔵であった。

こうして、現在《いま》はもういないおたかや又市、彦次も、立場茶屋おりきや彦蕎麦の家族と共に暮らしていく……。

恐らく、三吉はそう思っているのだろう。

その想いは、他の者にも通じたようである。

おきちやおいねは花や菓子などの供物《くもつ》を絶やしたことがないし、驚くことに、板場衆や茶立女《ちゃたておんな》、それればかりか、あの巳之吉や茶屋の板頭弥次郎《いたがしらやじろう》までが、地蔵の傍《そば》を通るたびに、そっと手を合わせているようだった。

見ると、紅い前垂《まえだ》れをつけた彦地蔵の前に、今日は、竜胆《りんどう》と初物の青切り蜜柑《みかん》が供えてある。

おりきはそっと地蔵に手を合わせ、彦蕎麦の水口に向かった。

板場ではふつふつと大鍋《おおなべ》が煮立ち、板場の中は、前が見えないほどに湯気が立ち込めていた。

出汁《だし》の甘い香り、トントンと葱《ねぎ》を刻む音……。

それは、旅籠や茶屋の板場とはまた少し違った雰囲気を醸《かも》し出していた。

「あっ、女将さん！」

追廻《おいまわし》の枡吉《ますきち》が振り返った。

小女のおかずも、盆《ぼん》に丼鉢《どんぶりばち》を重ねて見世のほうから入って来ると、ちょいと会釈《えしゃく》する。

おりきは板場と見世の仕切りに立つと、暖簾《のれん》を搔《か》き分け、店内を見回した。

七ッ（午後四時）過ぎ、夕餉《ゆうげ》までのほんの僅《わず》かなこのひととき、それでも、五人ほどの客の姿が認められた。

帳場の脇に立ったおきわがちょいと肩を竦《すく》め、おりきの傍に寄って来る。

「大番頭さんからお聞きになりました？」

何か言われるとでも思ったのか、おきわはぺろりと舌を出した。

「あたし、もう、夢中で……。あんなので良かったのかしら？」

「ええ、あれで良かったのですよ。おきわ、自信をお持ちなさい。大丈夫ですよ。どうやら、客の入りも上々のようですね。安心しました。では、わたくしはこれで……。そろそろ月見客が到着される頃でしょうから、旅籠に戻らなくてはなりません」

おりきはおきわを励まそうと、肩をぽんと叩き、再び水口へと戻って行く。

おりきが彦蕎麦に顔を出すのは、三日に一度。それも、せいぜいこの程度の短い訪問で、裏口からそっと覗いて、そっと出て行く。

おきわから相談されない限り、決して、おりきのほうから口を出すことはしなかった。

当初は、そんなおりきに戸惑《とまど》っていたおきわや杢助も、この頃では、そんなものかと気にも留めていないようである。

ましてや、新規《しんき》に彦蕎麦で雇った使用人たちは、おりきの存在、立場までが、どうやらもう一つ解っていないようである、
だが、おりきはそれでいいと思っていた。

彦蕎麦の女将は飽くまでもおきわであり、おりきはいらぬおせせの蒲焼《かばやき》と知りつつも、つい老婆心に駆《こ》られ、こうして様子見に来るだけなのだから……。

もう、あの娘は大丈夫……。

おりきはほっと安堵し、が、どこかしら嘘寂《うそさみ》しいような複雑な想いで、旅籠に戻った。

六ツ（午後六時）を堺に、月見客が次々と訪れた。

「五室全てに、これで予約されたお客さまが入られました」

達吉が遅れて来た最後の客を迎え、報告に来た。

「そうですか。月見膳《つきみぜん》は二の膳まで出たところですね？　では、今宵は少し早めに客室の挨拶《あいさつ》に伺《うかが》いましょう。で、茶室のほうはいかがです？　親分と妙斉さまお二人では、さぞや息が詰まることでしょう。旅籠は他の者に委せて、達吉、茶室を頼みましたよ。わたくしも出来るだけ早く顔を出すつもりです。それまでなんとか座を持たせて下さいな」

「へっ、先程、ちょいと顔を出しやしたが、親分も妙斉さまも借りて来た猫みてェに潮垂《しおた》れて、ひたすら酒を飲んでいやした。それがまあ、おきちまでが妙にしゃちこ張っちまって……。じゃ、お言葉に甘えて、あっしも仲間入りをさせてもらいやしょうかね。へへっ、なんだか、他の者が働いているというのに、あっしだけが盆と正月が一遍《いっぺん》に来たみてェな顔をして、客席に坐るのは気が退《ひ》けるのですがね……」

達吉が恐縮したように、月代《さかやき》を掻く。

「それもお務めと思って下さいな。では、お願いしますよ」

おりきはそう言い、客室の挨拶に立って行った。

旅籠の客室は全て海に面している。

どの部屋も海側に広い縁側を配し、今宵は三宝《さんぼう》に盛った団子《だんご》や芋《いも》、栗《くり》、芒《すすき》といった供物の他に、飾り台をぐるりと囲むように、萩《はぎ》、河原撫子《かわらなでしこ》、姫紫苑《ひめじおん》など、野の花を手桶《ておけ》に入れて置いてある。

つまり、客席から見ると、野原の向こうに海が広がり、草花を透《す》かせて名残の月を愛でる趣向であった。

数年前に、おりきの思いつきで始めてみたところ、これがなかなかの好評で、今では立場茶屋おりきの月見には、野の花は欠かせない存在となっていた。

「流石《さすが》ですな、女将。いや、噂には聞いていましたが、趣《おもむき》があって実によい。毎年見える沼田屋《ぬまたや》さんから、今年は是非にと誘われてやって来ましたが、いやァ、来て良かった。板頭の料理といい、品川宿には料理屋や旅籠が数多《あまた》ありとはいえど、立場茶屋おりきに勝る宿はなし！」

浜千鳥《はまちどり》の間に挨拶に行くと、蔵前《くらまえ》の札差高麗屋《ふださしこうらいや》九兵衛《きゅうべえ》が頬を上気させ、感極《かんきわ》まったように、握手を求めてきた。

「まあ、嬉《うれ》しいことを言って下さいますこと！　そう言っていただけて、わたくしどもは感謝の言葉もありません」

おりきは九兵衛の手をそっと握り、深々と頭を下げた。

女将になりたての頃は戸惑った客のこんな仕種《しぐさ》にも、現在《いま》ではもう驚きはしない。

やんわりと握り返し、微笑み、そっと手を外《はず》す。

これだけで客が満足してくれるのだから、手を握られたからといって、小娘のように大騒ぎをすることもない。

「おいおい、高麗屋。おまえさん、もう出来上がっちまったのかい？　ここは北（新吉原）とは違うんだぜ。しかも、南《おはこ》（品川宿）といっても、立場茶屋おりきは江戸でも名だたる料理旅籠だ。おまえさんの十八番、五丁《ごちょう》（新吉原）と一緒にしてもらっちゃ困りますよ！」

両替商《りょうがえしょう》沼田屋源左衛門《げんざえもん》がちょうらかすように槍《やり》を入れた。

九兵衛が面映《おもは》ゆそうに、こりゃどうも、と手を引っ込める。

「いえね、女将。この男は五丁の常連でしてね。今宵も吉原に行くというのを強引に誘ったのですよ。ところが、この男、紋日《もんび》に吉原に行かないようでは蔵前男の名が廃《すた》るとか、十五夜を見て十三夜を欠かしたのでは片月見になるとか言いましてな。莫迦《ばか》なことを！吉原で見ようが品川で見ようが、月は月。しかも、吉原では今宵一夜で十五両もふんだくるのですからね。いかに高麗屋が金離《かねばな》れの良い男といっても、金を溝《どぶ》に捨てるようなものです。それで、一生に一度でいいから、立場茶屋おりきで板頭の旨い料理を食べながら月を愛で、上質の月見というものを味わってみろ……。そう言ってやったんですよ」

「沼田屋さん、もうそれくらいで……。いやァ、正直言って、おまえさんには心《しん》から感謝していますよ。お陰で、しっとりとした、本物の後の月を味わうことが出来ました」

「おや、上手口《じょうずぐち》を！　だが、それにしては門前町に着くのに随分と手間取りましたな。あたしはおまえさんの気が変わって、また五丁にでも脚《あし》を向けたのではないかと気が揉《も》めましたよ」

「何をおっしゃる。あたしが一旦取り決めた約束を平気で破る男とでもお思いですか？見くびってもらっちゃ困ります。いえね、出掛けにちょいとしたいざこざがありましてね。後始末やら何やらで、見世を出るのが遅くなってしまったのですよ」

「ほう、いざこざとは？」

「それがですね、これが酒でも飲まなきゃいられないような話でして……」

九兵衛が蕗味噌《ふきみそ》を嘗《な》めたような顔をして、膳の盃《さかずき》へと手を伸ばす。

おりきはすっと九兵衛の傍に膝を進めると、盃に酒をなみなみと注いだ。

ここからは聞かないほうが……。

おりきはそのまま浜千鳥の間を去るつもりで、腰を上げかけた。

が、そのときである。

「うちは臼杵《うすき》藩《はん》の蔵米《くらまい》を扱っていましてね」

九兵衛の言葉に、おりきの胸がきやりと腓返《こむらがえ》った。

座を外さなければ……。

そうは思うのだが、おりきの手足が硬直したように動かない。

が、九兵衛はおりきの動揺など意に介《かい》さずとばかりに続けた。

「たまに蔵米の換金とは別に、ご重職の裏金を工面《くめん》して差し上げることもありましてな。今日は江戸お留守居役の田村さまがお見えになっていました。まっ、さしたる用事というわけでもなく、あたしのお点前《てまえ》で雑談などをしましてね、さあて一刻ばかしいらっしゃいましたかね。お帰りになるというので、門前に待たせた御駕籠《おかご》までお送りしますと、一人の浪人者が田村さまを目掛けていきなり斬《き》りかかってきたではありませんか。あたしも若い頃これでもいっぱしに道場に通ったことがありましてね。それで判るのですが、これがどうして、なかなか腕に覚えのある男でして、御駕籠の傍に従者が二人待機していたのですが、手も脚も出ませんでした。男は従者にカッと鋭い気を放つと、田村さまを一刀両断！　それはもう、間髪を容れる間もありませんでした」

九兵衛は思い出しても身の毛が弥立《よだ》つのか、ぶるるっと胴震いした。

「なんと……。それで、男は？」

源左衛門が身を乗り出す。

「田村さまを討《う》ち、男は目的を果たしたわけです。当然、従者に斬りかかっていくか、そのまま逃げたところでいいはずです。ところが、男は田村さまに止《とど》めを刺すと、徐《おもむろ》に、懐《ふところ》から封書を取り出し、従者に手渡し、さあ、それからです。なんと、男がその場で自刃……。切腹したのですよ、切腹！　こんなことがあってよいでしょうか。考えてもごらんなさい。手前どもの門前で、切腹されたのですからね。白昼堂々、門前で刃傷沙汰《にんじょうざた》があっただけでも手前どもの面目は丸潰《まるつぶ》れというのに、そのうえ、切腹とは……。まっ、手前どもには一切関《かか》わりのないことで、お上《かみ》からお叱《しか》りを受ける謂《いわ》れはないのですがね。門前を血で汚《けが》されたとあっては、縁起が悪いうえに、体面も悪い。それで、こんな日に名残の月見もないだろうと、一度は沼田屋さんのお誘いを断ろうかとも思いました。けれども、いつまでもくさくさしていても始まりません。それに、家内や番頭がいっそ験直《げんなお》しに品《しな》の月を愛でてはどうかと頻《しき》りに勧めてくれましてね。少々遅れてしまいましたが、こうしてのこのことやって来たというわけです」

「なんと、そんなことが……。すると、これは政《まつりごと》に関わる謀殺《ぼうさつ》？　いや、粛清《しゅくせい》。それとも、何か個人的恨みによる……、つまり、仇討《あだうち》……。おたくは臼杵藩との付き合いが永いのですから、何か思い当たる節《ふし》はありませんか？」

「そんなもの、あるはずもありません。手前どもで解るのは、藩財政のみ。それも、表面に見えることだけで、仔細《しさい》までは解りかねます。まっ、いずれにしても、全ては男が従者に託した封書を見れば解ること。だが、手前どもは札差の端《はし》くれにしかすぎません。家中のいざこざに介入するわけにはいきませんからね」

「そりゃそうだ。お武家なんてものが商人《あきんど》に用があるとすれば、金の要《い》るときだけです。まっ、こちらも面倒なことには首を突っ込みたくありませんからな。おや、女将、どうしました？　顔が真っ青だ」

源左衛門に言われ、おりきは挙措を失った。

「さようにございますか。申し訳ございません。席を外す切っ掛けを逸してしまい、つい、お話が耳に入ってしまいました。ところが、余りにも怖《おそ》ろしいことを耳にしましたものですから、無作法《ぶさほう》なことを……。お許し下さいませ。あら、お酒がすっかり冷めてしまいましたわ。今、熱いところをお持ちしますわね」

折良く、女中たちが三の膳を運んで来た。

おりきはおみのたちに後を託し、浜千鳥の間を辞した。

が、喉に鉛でも詰め込んだような、重苦しさ……。

おりきは思わず階段の手すりに身体を預け、肩息を吐いた。

鬼一郎さま……。

如月鬼一郎の涼しげな目許が、ゆるりと眼窩《がんか》を過っていった。

やはり、彼《か》は誰時《たれどき》（夜明け）、おりきの見た夢は、正夢だったのである。

おりきには今はっきりと、如月鬼一郎、いや、馬越右近介が本懐を遂げ、そのために自裁していったと分かるのだった。

高麗屋の門前で刃傷沙汰があり、男が自裁したというのが、八ッ半（午後三時）頃……。

おりきが夢を見た頃には、右近介はまだこの世にいたのだから、すると、右近介の心霊がおりきに別れを告げに来たのだろうか……。

いつか、この日が来ると覚悟はしていた。

だが、こうして現実となってしまった現在《いま》、これでもう、再び鬼一郎に逢えるという一縷《いちる》の望みも絶たれてしまったのである。

前藩主の側室お今《いま》さまの仇を討ち、本懐を遂げた馬越右近介……。

だが、何故だろう。おりきにはどうしても心から祝着《しゅうちゃく》とは思えない。

鬼一郎さま、あなたさまにはいつまでも如月鬼一郎さまのままでいてほしかった……。

「どうかしましたか？」

背後でおみのの声がして、おりきはハッと手すりから身体を離した。

「いえ、なんでもありません。ちょっと目眩《めまい》がしただけです。けれども、もう大丈夫ですよ。おみの、浜千鳥の間に熱燗《あつかん》をお願いしますね。わたくしは茶室の挨拶に廻ります」

「少しお休みになられたらどうですか。顔色が悪いですよ」

空いた二の膳を手に、おみの後からやって来た、おうめが心配そうに声をかけてくる。

「大丈夫ですよ。では、後を宜《よろ》しく頼みましたよ」

おりきはおうめに微笑みかけ、くるりと背を返した。

玄関で下足番の善助《ぜんすけ》から手燭《てしょく》を受け取り、仄《ほの》かな月明かりの中、おりきは中庭を通って、茶室へと脚を進めた。

おぼおぼとした月明かりに、手燭の灯《ひ》と、中庭のところどころに置かれた石灯籠《いしどうろう》だけが、頼りである。

が、庭の中程にある、藤棚《ふじだな》の近くまで来たときである。

小さな灯がおりきの眼前でぽっと点《とも》ると、目の先でゆらゆらと揺れ、ふっと消えた。

あっ……。

おりきは灯の点った方向を凝視した。

確かに、灯が……。

では、幻覚だったのだろうか。

そう思った刹那、再び、小さな灯が点った。

今度は、灯はゆっくりとおりきの眼前で舞を舞い、弧を描《えが》き、また、すっと消えた。

螢《ほたる》であった。

秋も半ばを過ぎて螢とは……。

残りの螢だとしても、後の月になって、まだ、螢が残っているなど聞いたこともない。

ああ……。

おりきの胸がじくりと疼《うず》いた。

鬼一郎さま……。

おりきは螢の行方《ゆくえ》を追い、四囲《しい》を見回した。

だが、闇に目を据えるようにしてみても、終《つい》しか、螢の姿を捉《とら》えることは出来なかった。

けれども、鬼一郎さまは二度も姿を変え、別れを告げに来て下さったのだもの、これで満足しないでどうしよう……。

おりきはふうと太息《ふといき》を吐き、茶室へと入って行った。

すると、どうだろう。

さぞや剣呑な雰囲気が……と案じていた亀蔵親分と妙斉が、思いの外《ほか》、和気藹々《わきあいあい》と酒を酌《く》み交わしているではないか。

おりきの姿を認め、亀蔵がおいでおいでと手招きしてみせる。

「丁度良かった。おりきさんよ、俺ャ、妙斉を見直したぜ！　こいつァ、ただの霜《しも》げた爺《じい》さまかと思っていたが、これがなかなかの博識でよ。今も、月を愛で、十七文字《じゅうしちもじ》を捻《ひね》っていたのよ」

「なんですよ、親分。これ以上よいしょをしたって、なんにも出ちゃ来ませんからね。親分のほうこそ、いやァ、隅《すみ》に置けない。今朝見れば夜叉《やしゃ》に戻りし妻の顔……。いや、こっちのほうがいいかな？　月明かり妻の寝顔もお弁天《べん》に見え……」

「何言ってやがる。俺のは川柳《せんりゅう》だ。おめえの俳句たァ、比べようもねえ」

亀蔵と妙斉が、互いに心にもない世辞を言い合っている。

「おや、愉《たの》しそうですこと。では、わたくしもお仲間に入れてもらいましょうかね」

おりきは達吉に目まじすると、縁側に出て行った。

入れ替わり、達吉が、では、あっしはこれで、と席を立つ。

おきちの姿が見えないのは、達吉が気を利《き》かせて、子供は休むようにと下がらせたからであろう。

「では、ひとつ、わたくしにも妙斉さまの句を披露《ひろう》して下さいませ」

おりきは二人の盃に酒を注ぐと、ふわりとした笑みを見せた。

「それがよ、今し方、なんと、螢が飛んで来たじゃねえか。秋螢《あきぼたる》だ。だがよ、考えてもみな。仲秋《ちゅうしゅう》はとっくに過ぎ、晩秋《ばんしゅう》といってもいい頃だぜ？　俺も妙斉も一瞬えっと目を疑ったが、幻なんかじゃねえ。確かに、俺も妙斉も見た。けどよ、これが現実としたら、実に摩訶不思議《まかふしぎ》で、珍現象だろ？　そんな珍現象がこの目で見られたんだ。俺たちゃ、ぼた餅《もち》で頬を叩かれたようなもんだと嬉しくなってよ。それで、秋の螢で一句ということになった。そしたらよ、妙斉の奴、しのぶれど影となりにし秋螢……、と、こう来やがった。そうそう、こういうのもあったぜ。秋螢寂《せき》とまたたき露と消え……。どうでェ、実に身に沁《し》みる句だと思わねえか？」

亀蔵が我がことのように、鼻柱《はなばしら》に帆《ほ》をひっかける。

「いえね、夏の螢と違って、残りの螢は大概がはぐれ螢で、群れの中にはいませんからね。ぴかりと腹で光を明滅させるのは、聞いた話によると、求愛の仕種だとか……。だが、一匹だけで相手がいないんじゃ、求愛もへったくれもありませんからな。あたしは寧ろ死者の霊魂と信じています。いや、そう信じたい。この世に想いを残しながらも逝《い》ってしまった、死人《しびと》の霊魂……。秋螢の儚《はかな》さ、侘《わ》びしさ、哀《かな》しさにかけて、詠《よ》んだのですよ」

妙斉がやけに神妙な顔をして言う。

おりきの胸に、再び熱いものが込み上げてきた。

あっと思ったが、もう遅い。

瞬《また》く間に、おりきの眸《ひとみ》が涙で潤《うる》んだ。

「おっ、どうしてェ……。おいおい、確かに良い句にゃ違《ちげ》ェねえが、これがおりきさんを泣かせるほどの句かよ？」

亀蔵が驚いたといった顔をする。

おりきは懐紙でそっと目頭《めがしら》を押さえ、涙を内へ内へと呑み込んだ。

「申し訳ありません。少し、別のことを考えていましたので……」

「なんでェ、そうかよ。おっ、妙斉、おめえの句は、泣かせるほどの句じゃねえとよ！」

「いえ、そんなことはありませんわ。とてもよい句ですことよ。さあ、どうしました？お膳のほうが進んでいないようですが、巳之吉が自信を持って作った月見膳にございます。

「どうぞ、召し上がって下さいまし」

おりきはそう言い、徳利《とっくり》を手にした。


早いもので、後三日もすれば、恵比須講《えびすこう》(十月二十日)である。

鬼一郎を失った哀しみに浸《ひた》る間もなく、時は慌ただしく過ぎていく。

が、それでも、忙しくしているときはまだ幾らか気が紛《まぎ》れたが、泊まり客を送り出した後の一瞬の空隙《くうげき》や、一日の仕事を終え床に就いたその刹那、胸を掻きむしりたくなるほどの寂寥感《せきりょうかん》が、情け容赦《ようしゃ》もなく揺さぶりにきた。

おりきは鬼一郎が亡くなったことを、達吉にも、誰にも告げていなかった。

口に出してしまえば、今はまだ充分に咀嚼《そしゃく》し切れていない鬼一郎の死に心が乱れ、皆の前で醜態《しゅうたい》をさらすことになるやもしれない……。

女将として皆を束《たば》ねる立場にあれば、それだけは、避《さ》けなければならない。

いずれ、臼杵の馬越家にも右近介の妹倫江《みちえ》から右近介の死が知らされるであろう。

そうなれば、右近介の妹倫江から改めてなんらかの連絡があるはずである。

皆に知らせるのは、それからでもいい。

鬼一郎はおりきだけに解る方法で、別れを告げに来たのだから……。

どうぞして、それまでに、鬼一郎の死を冷静に受け止められる心に戻しておくれ……。

そんなふうにも思っていた。

だが、辛いことばかりでもなかった。

三吉の人生に、光が射し込んだのだある。

つい先日のことである。

京の染物問屋吉野屋幸右衛門《よしのやこうえもん》の紹介で、文人画の絵師加賀山竹米《かがやまちくべい》が二日ばかり立場茶屋おりきに宿泊した。

加賀山竹米は金沢の出身で、京を拠点に各地を旅する文人《ぶんじん》であった。

岡田米山人《べいさんじん》、青木木米《もくべい》、田能村竹田《たのむらちくでん》、頼山陽《らいさんよう》などと交流も深く、そのためか、竹米を贔屓《ひい》屓《き》とする商人は、江戸から九州にかけて枚挙《まいきょ》に遑《いとま》がないという。

中でも、吉野屋幸右衛門には殊《こと》の外《ほか》気にいられている様子で、おりきが見るところ、各地を旅する路銀の大半が吉野屋の懐から出ているようだった。

「江戸に出ると申しましたら、幸右衛門どのから是非にも品川宿門前町の立場茶屋おりきに泊まるようにと勧められました。成程、幸右衛門どのが太鼓判《たいこばん》を押されるだけあって、実に気扱《きあつかい》のあるよい宿です。この度《たび》は江戸で逢わなければならないやんごとなき方との約束があり、余り長く滞在することが出来ませんが、江戸の帰りにまた立ち寄りましょう。　こちらさえ宜しければ、これからもちょくちょく来させていただきたいのですが、構わないでしょうか？」

竹米は三十路《みそじ》半ばで、元は武家というだけあって、品のある、なかなかの雛男《ひなおとこ》であった。

おりきが吉野屋から何もかも聞いているので、ご一報《いっぽう》願えれば、いつでも部屋を用意して待っています、と答えると、竹米は実に嬉しそうな顔をした。

「わたくしもこちらのことは幸右衛門どのから何もかも聞いて知っています。ふふっ、今思い出しても可笑しくなるくらいだ。幸右衛門どのは女将のことを、楚々《そそ》とした中に凜《りん》とした芯《しん》の強さを秘めた美人。花に譬《たと》えれば、鷺草《さぎそう》か片栗《かたくり》の花……。そう表現されましたが、実にその通りでした。また、板頭については、京者《きょうもの》の自分が言うのだから間違いないが、巳之吉の料理は京の老舗料亭《しにせりょうてい》であろうが足許にも及ばない。そう申されましてね。全く、その通りで、この言葉にも嘘《うそ》はありませんでした。食通《しょくつう》で通った、あの幸右衛門どのが申されるのですよ。立場茶屋おりきは品川一。いや、江戸の高級料亭でさえ、兜《かぶと》を脱ぐに違いありません」

竹米は一泊目の夜、部屋の挨拶に上がったおりきを摑まえ、そう豪語《ごうご》した。

そして、二日目の夕餉膳《ゆうげぜん》のときである。

おりきの姿を見ると、竹米は慌てて箸を膳に戻し、身体を乗り出してきた。

「今朝、海べりの散策《さんさく》から帰って来ますと、中庭の築山《つきやま》に腹這《はらば》いとなり、身動きもせずに何やら草叢《くさむら》を観察している少年がいましてね。何をしているのだろうかと気になったものですから、暫く眺めていますと、突如、むっくりと起き上がり、帯に挟んだ帳面や矢立《やたて》を取り出し、生写《しょううつ》しを始めたではありませんか。てっきり、秋草でも描《か》いているのだと思い、近づいてみますと、これが確かに石蕗《つわぶき》には違いないのですが、少年の狙《ねら》いは草花ではなく、なんと、葉にしっかとしがみついた馬追《うまおい》……。これがなかなか見事《みごと》でしてね。まるで、今にもスイッチョと鳴き出しそうなほどに生き生きと描かれている。驚いたのなんのって！　まだ十四、五歳ほどの少年に、これほどの観察力があるとは……。それで、これこれ少年、なかなか上手《うま》いではないか、誰か師についているのかな？　と声をかけたのですが、描くことに没頭《ぼっとう》していたのでしょう。少年は振り返ろうとも、手を止めようともしませんでした。それで、怪訝《けげん》に思いながらも戻って来たのですが、あれはどこの子供でしょうか。まさか、余所者《よそもの》が由緒《ゆいしょ》ある立場茶屋おりきの中庭まで入って来て、堂々とあのような振る舞いをするとも思えません。それで、こちらに関係したお子かと思いまして……」

「それは、三吉にございましょう」

「ほう、では、やはり、こちらの？　では、女将のお子か？　まさか、独り身の女将にお子があるとは思えませんので、すると、使用人の？」

「いえ。些《いささ》か事情がありまして、ふた親を亡くしたあの子と妹のおきちを、数年前より引き取っています。現在《いま》は下足番の善助《ぜんすけ》の下《もと》で下働きをさせていますが、仰《おお》せのように、あの子は手先が器用で、絵を描かせても彫物を彫らせても、それはそれは見事にやってのけます。現在《いま》のままではせっかくの才が無駄になってしまいますので、あの子さえ良ければ、いずれ、その道の師につかせて、本格的に学ばせてやりたいと思っていますの」

「ほう……。では、身寄りのない子を女将が引き取っておられると……。歳《とし》は幾つですかな？」

「十三歳です。三吉には双子《ふたご》の妹おきちがいましてね。この娘《こ》はいずれ三代目女将にと思っていますが、さあ、どうなることですか」

「その娘《こ》を女将の跡継にと考えておいでなら、さぞや、三吉にも並々ならぬ想いをお持ちなのでしょうな。だが、何ゆえ、わたしの問いかけに何ひとつ答えようとしなかったのでしょうか」

竹米が訝《いぶか》しそうに首を傾げる。

「三吉は耳が聞こえませんの」

おりきの言葉に、竹米はあっと息を呑んだ。

それで、おりきは三吉が糟喰《かすくらい》（酒飲み）の父親に陰間《かげま》に売られ、子供屋《こどもや》で耳が聞こえなくなるほどの折檻《せっかん》を受けたことを竹米に語って聞かせた。

「成程、そういうことがあったのですか。それで読めました。あの子のものを見る目の確かさや筆致など、とても十三歳とは思えませんでした。いや、もしかすると、絵師を生業《なりわい》とする大人を凌《しの》ぐ才があるかもしれません。ところが、どうでしょう。どこかしら、絵から漂うやり切れないほどの哀感……。物の哀《あわ》れなどを通り越し、見ている者を切《せつ》なくさせてしまうほどの哀感です。これが大人なら、決して悪いことではありません。だが、あの子の年齢を思うと、このままではならないような気がしてなりません。いかがでしょう、女将。わたくしにあの子の将来を託してみるお気持はありませんか？　わたくしは生涯弟子を取らないつもりでいました。が、あの子を見ていますと、生涯に一度だけ、わたくしの手で絵師を育ててもいいかなと、自分でも不思議なほどに心を動かされます」

「三吉を加賀山さまにお預けするということでしょうか」

「わたくしは一年の半分を京で過ごし、残りの半分を各地に旅します。けれども、三吉はまだ子供ですので、四六時中《しろくじちゅう》わたくしと行動を共にするわけにはいきません。ですから、わたくしが京にいる半年は三吉をみっちり仕込むことが出来ますが、京を留守にする間は、わたくしの母が三吉の面倒を見ることになります。母はこぢんまりとした小間物屋を営んでいますので、時折見世を手伝ってもらえれば、母も悦《よろこ》ぶことと思います。いかがでしょうか」

「ですが、お話し致しましたように、あの子は耳が……」

「耳が聞こえずとも、こうして旅籠の下働きをしているではありませんか。それに、絵を描く分には、耳は必要ありませんからね。しかも、三吉の記憶の底には、蟲の声、草木が風に戦《そよ》ぐ音、波の音など、自然の発する音や声がしっかと刻み込まれています。だからこそ、あのように生きた絵が描けるのです」

「そう言っていただけると安心しました。京には吉野屋さまもいらっしゃることですし、心強く思います。ただ、三吉がおきちと離れるのを、どう思いますか……。三吉やおきちの気持を聞いて、そのうえで、返事をさせていただいても宜しゅうございますか？」

「勿論です。本人の気持が一番です。わたくしは明日江戸に発《た》ち、一月《ひとつき》後に再びこちらに参ります。どうか、ゆっくりとお考え下さいませ」

竹米はそう言うと、冴《さ》え冴《ざ》えとした笑みを見せた。

その笑みに、おりきは胸に支《つか》えていたものがすっと下りていくのを感じた。

この方に三吉をお委せすれば、間違いない……。

とはいえ、肝心《かんじん》なのは三吉の気持である。

実の父親から陰間に売られ、子供屋から子供屋へと他人《ひと》の手を経る度に心が荒《すさ》んでいった三吉……。

挙句《あげく》、身体まで疵《きず》つけてしまった三吉が、果たして、竹米に素直に心を開いてくれるだろうか。

竹米の下《もと》で絵師の修業をするということは、妹のおきちや、じっちゃん、じっちゃん、と実の祖父のように慕《した》う善助と離れ離れになるということである。

が、三吉は拍子抜けするほどあっさりと、おいら、絵師になる、と答えた。

どうやら、三吉は盲目の少女おとよに出逢った頃から、自分の進むべき道を探《さぐ》っていたらしい。

おとよは目が見えなくても三味線《しゃみせん》を弾《ひ》き、三吉とほぼ同じ年頃ながら、それで立派に立行《たちいき》しているのである。

なら、俺だって……。

三吉はそんな想いで、寸暇《すんか》を惜しんで草木や蟲を観察し、生写ししていたのだろう。

「では、おきちや善助と離れることになってもいいのですね？」

おりきがそう訊くと、流石に三吉の頰はつと翳《かげ》ったが、すぐに頷《うなず》いた。

「寂しいけど、仕方がないもん。おいら、早く大人になる！　大人になったら、お師匠さんの供《とも》で旅をすることになるし、そしたら、おきちにもじっちゃんにも逢えるだろ？」

三吉の顔には微塵《みじん》も迷いがなかった。

そして、おきちはといえば、流石は双子である。

黙っていても以心伝心というか、

「あんちゃん、良かったじゃないか！　あたしもあんちゃんに負けないように、早く大人になって、女将さんの跡を継げるようになるからさ」

とあっけらかんとした表情で笑った。

だが、あっさりともあっけらかんともいかなかったのは、善助である。

おりきから三吉が加賀山竹米に引き取られて京に行くことになったと聞くと、善助は色を失い、唇まで蒼くして、わなわなと顫えた。

「女将さん、それはねえ……。俺ャ、なんのために今まで……。そりゃねえぜ。そんなことがあって堪るかよ！」

善助は腰砕《こしくだ》けしたようにへなへなと蹲《うずくま》り、口の中でぶつくさ呟いては、地面を叩きつけた。

三吉が陰間に売られ、行方知れずとなってからというもの、夜もおちおちと眠られなかった善助である。

一度など、前夜、夢枕《ゆめまくら》に立った三吉への思いに囚《とら》われ、薪《まき》を割らずに我が腕に斧《おの》を突き立ててしまった善助……。

その三吉が深川佃町《つくだちょう》の家鴨《あひる》専門の切見世《きりみせ》で下働きをしていると知ったときの、善助の悦びよう……。

おりきには、昨日のことのように思い出せる。

「ああ、よかった……。神さま仏さま、有難《ありがて》ェ、有難ェ、かたじけねえ……」

善助は目に光るものを湛《たた》え、天に向かって、何度も手を合わせては、頭を下げた。

そうして、ようやく見つけ出した三吉を胸に、二度と離さないとばかりに抱き締めた善助……。

折檻の末、耳が聞こえなくなったと聞けば、善助には余計こそ三吉が不憫《ふびん》で、愛しくて堪らない。

「俺があいつの耳となってやる。おら、これから先、どのくれェ生きられるか分からねえがよ。生きているうちに、あいつが独りでも立派に生きていけるよう、仕事を教え込んでおくつもりなんだ。それでなきゃ、俺ャ、死んでも死にきれねえ……」

そう言って、三吉の一挙一動に目を配り、久々に三吉の頬に笑みが戻ったときには、人目も憚らずにおいおいと声を上げて、感涙《かんるい》に噎《むせ》んだものである。

「善助の気持はよく解ります。けれども、考えてもごらん？　三吉には絵の才能があるのです。このまま旅籠の下足番で生涯を終わらせるより、持って生まれた才能を存分に伸ばしてやり、それで生きていけるように考えてやるのが、親心というものではないでしょうか」

おりきは善助の目を瞠め、諄々《じゅんじゅん》と諭《さと》した。

「親心……」

善助は胡乱《うろん》な目を返した。

が、どうやら、その言葉に引っかかったようである。

「へっ、そりゃまっ、あっしは老い先永くはねえからよ。三吉を独り立ちできるように仕込んだところで、どう足掻《あが》いても、どのみち下足番以上にゃなりゃしねえ。その点、絵師なら、相手がお武家だろうが分限者《ぶげんしゃ》だろうが、堂々と胸を張ってつき合えるもんな。ヘン、下足番風情にゃ、もう用がねえってことか！」

「善助、そのような物言いをするものではありませんよ。三吉がこの先どのような生き方をしようと、決して、おまえのことを忘れることはありません。自信をお持ちなさい。おまえは今までもこれからも、三吉のお祖父《じい》ちゃん。いいえ、おとっつァんなのですよ。子供が親離れしていくのを悦ばない親がどこにいましょうか。そう思い、どうか、三吉が立派な絵師になるよう、祈ってやっておくれでないか」

潮垂れていた善助が、へっ、とようやく頷いた。

堪忍《かんにん》しておくれ……。

おりきは胸の内でそう呟くと、そっと善助の肩に手を廻した。

善助だけではない。

寂しいのは、おりきもまた同様なのである。


井戸端に坐り込み、柿紅葉《かきもみじ》に鋏《はさみ》を入れていると、ぞくりと項《うなじ》を肌寒《はださむ》な風が撫でていった。

おりきは思わず身震いする。

すると、申し合わせたように、善助がクシュンと嚔《くさみ》を打った。

「いけねえや。心が寒《さび》ィと、身体まで凍《し》みついちまってよ。てこたァ、そろそろおいらもお迎えが近《ちけ》ェってことか……」

善助が手桶の中から鳥兜《とりかぶと》を引き抜き、いっそ、こいつを煎《せん》じて飲んじまったほうが、とぽつりと呟く。

「莫迦なことをお言いでないよ！　第一、毒があるのは、根っこです。ご覧なさいな。こんなに可憐《かれん》で、美しい花ではありませんか」

おりきは善助から鳥兜を受け取り、盥《たらい》に浸して、水切りをする。

烏帽子《えぼし》型《がた》をした紫紺色の花からは、とても根に猛毒《もうどく》があるとは思えない。

が、鳥兜の根を毒矢の先に塗るというのだから、善助のねずり言をただの軽口と聞き流してしまうわけにもいかないだろう。

「どうしました、善助。三吉が京に行くのはまだ三月《みつき》も先のことではありませんか。加賀山さまは一旦京に戻り、三吉を受け入れる態勢を調《ととの》えて、改めて、迎えに来るとお言いなのです。それまで心おきなく三吉と過ごせるのですよ。三月も先の別れの秋《とき》を想い、おまえのように今からそうくじくじとしていたのでは、三吉の門出《かどで》に水を差すようなものです。快《こころよ》く、送り出してやりましょうよ」

善助はまたひとつ噎した。

「おや、風邪《かぜ》を引きかけているのではありませんか？　そうですね、善助ももう歳ですものね。三吉がいなくなると、何かと困ることが多いでしょう。誰か、三吉の代わりとなる小僧を雇いましょうか？　そうだわ、それがいいわ！」

ふっと口を衝いた言葉であったが、おりきは何故もっと早くに気づかなかったのかと、目から鱗《うろこ》が落ちたように思った。

が、その言葉に、それまで萎《しな》びた葱《ねぎ》のようにでれりとしていた善助が、しゃきっと背を伸ばした。

「滅相もねえ！　い、い、てんごう言うもんじゃねえや。なんの、俺ャ、小僧の助けなんて必要ねえ！　今まで三吉の将来を考えてあれこれ教えていただけでよ、俺ャ、他人《ひと》の助けなんて要らねえんだ！」

善助はムッとしたように鳴り立てると、むんずと立ち上がり、取ってつけたように井戸の周囲《まわり》を竹箒《たけぼうき》で掃《は》き始めた。

おやおや……。

おりきはくすりと肩を竦めた。

すると、また、うそ寒い風が頬を掠《かす》めていった。

中庭の落葉樹は半分までが葉を落とし、少し強めの風が吹くと、一枚、また一枚……。

これでは、善助の仕事が増えるばかりである。

おりきはシャッシャッと善助の立てる箒の音を耳に、身に染《し》み入る秋を感じた。

この秋、如月鬼一郎がこの世を去り、そして、三月後には三吉も去って行く。

だが、三吉は未来へと夢を馳せ、成長しようと去って行くのであるから、寂しさよりも、寧ろ、愉しみのほうが大きいのかもしれない。

悪いことがあれば、良いこともある。

哀しみがあれば、悦びもある。

それが、生きていくということなのだ……。

そう思うと、うそ寒かった身や心が、ほんの少しだけ、温かくなったように思えた。

時代小説文庫

い6-11

秋螢《あきぼたる》 立場茶屋《たてばぢゃや》おりき

著者 今井絵美子《いまいえみこ》

2009年8月18日第一刷発行

発行者 角川春樹

発行所 株式会社 角川春樹事務所

〒101-0051 東京都千代田区神田神保町3-27 二葉第1ビル

電話 03(3263)5247[編集] 03(3263)5881[営業]

印刷・製本 中央精版印刷株式会社

フォーマット・デザイン&シンボルマーク 芦澤泰偉

ISBN978-4-7584-3425-6 C0193

http://www.kadokawaharuki.co.jp/[営業]

fanmail@kadokawaharuki.co.jp[編集] ご意見・ご感想をお寄せください。

時代小説文庫

今井絵美子
鷺の墓

書き下ろし

藩主の腹違いの弟・松之助警護の任についた保坂市之進は、周囲の見せる困惑と好奇の色に苛立っていた。保坂家にまつわる因縁めいた何かを感じた市之進だったが……（「鷺の墓」）。瀬戸内の一藩を舞台に繰り広げられる人間模様を描き上げる連作時代小説。「一編ずつ丹精を凝らした花のような作品は、香り高いリリシズムに溢れ、登場人物の日常の言動が、哲学的なリアリティとなって心の重要な要素のように読者の胸に嵌め込まれてくる」と森村誠一氏絶賛の書き下ろし時代小説、ここに誕生！

今井絵美子
雀のお宿

書き下ろし

山の侘び寺で穏やかな生活を送っている白雀尼にはかつて、真島隼人という慕い人がいた。が、隼人の二年余りの江戸遊学が二人の運命を狂わせる……。心に秘やかな思いを抱えて生きる女性の意地と優しさ、人生の深淵を描く表題作ほか、武家社会に生きる人間のやるせなさ、愛しさが静かに強く胸を打つ全五篇。前作『鷺の墓』で「時代小説の超新星の登場」であると森村誠一氏に絶賛された著者による傑作時代小説シリーズ、第二弾。

（解説・結城信孝）